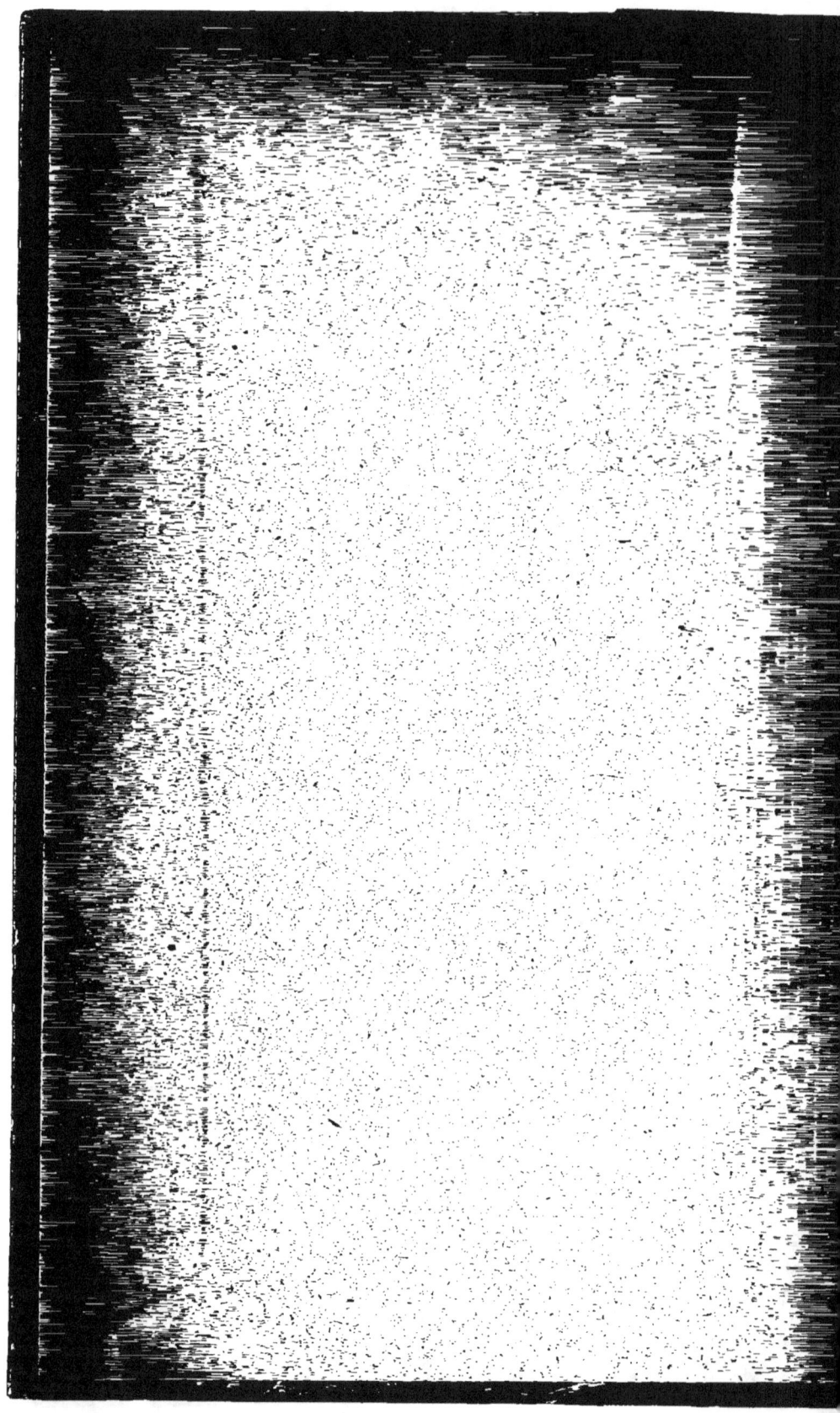

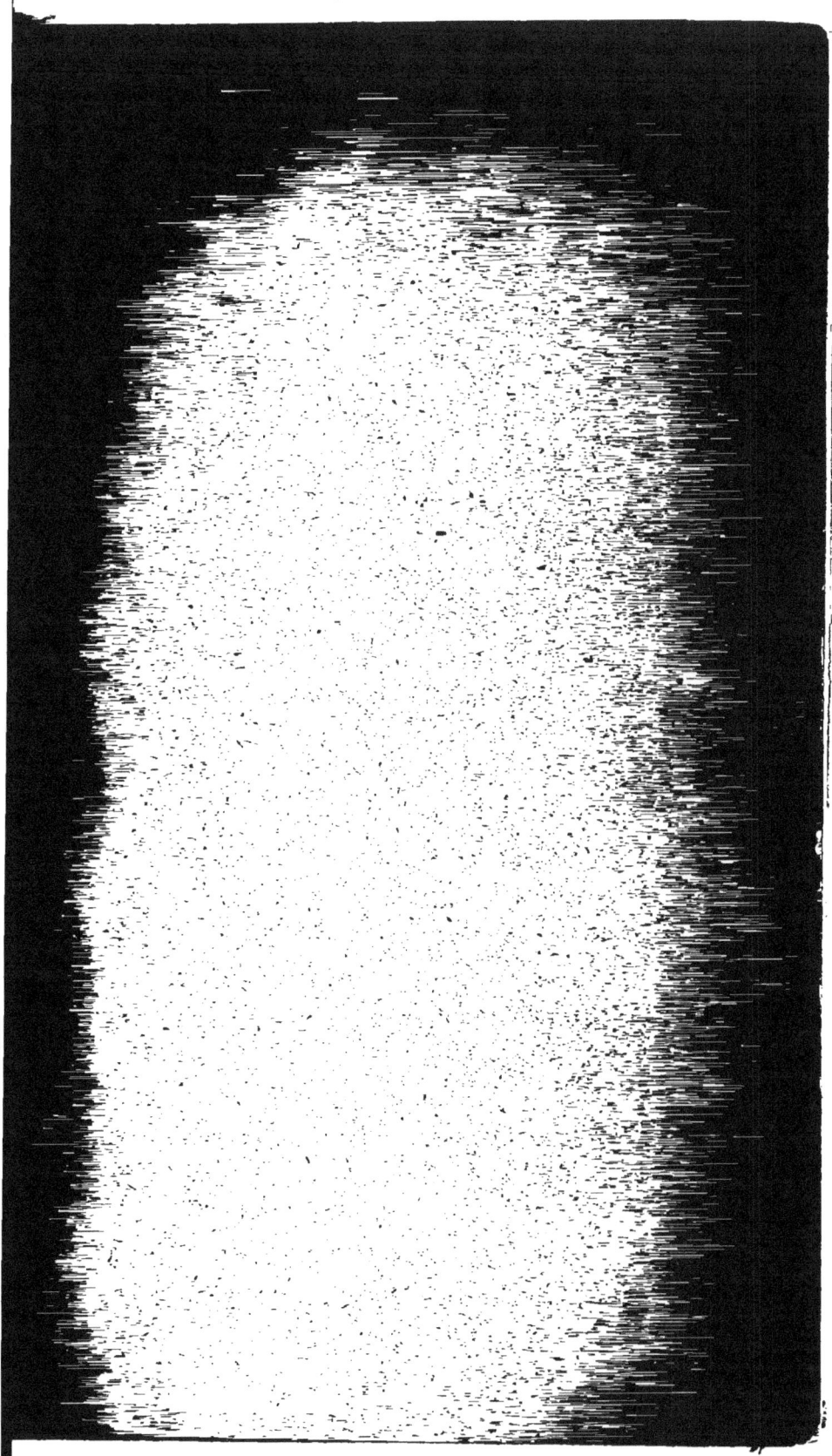

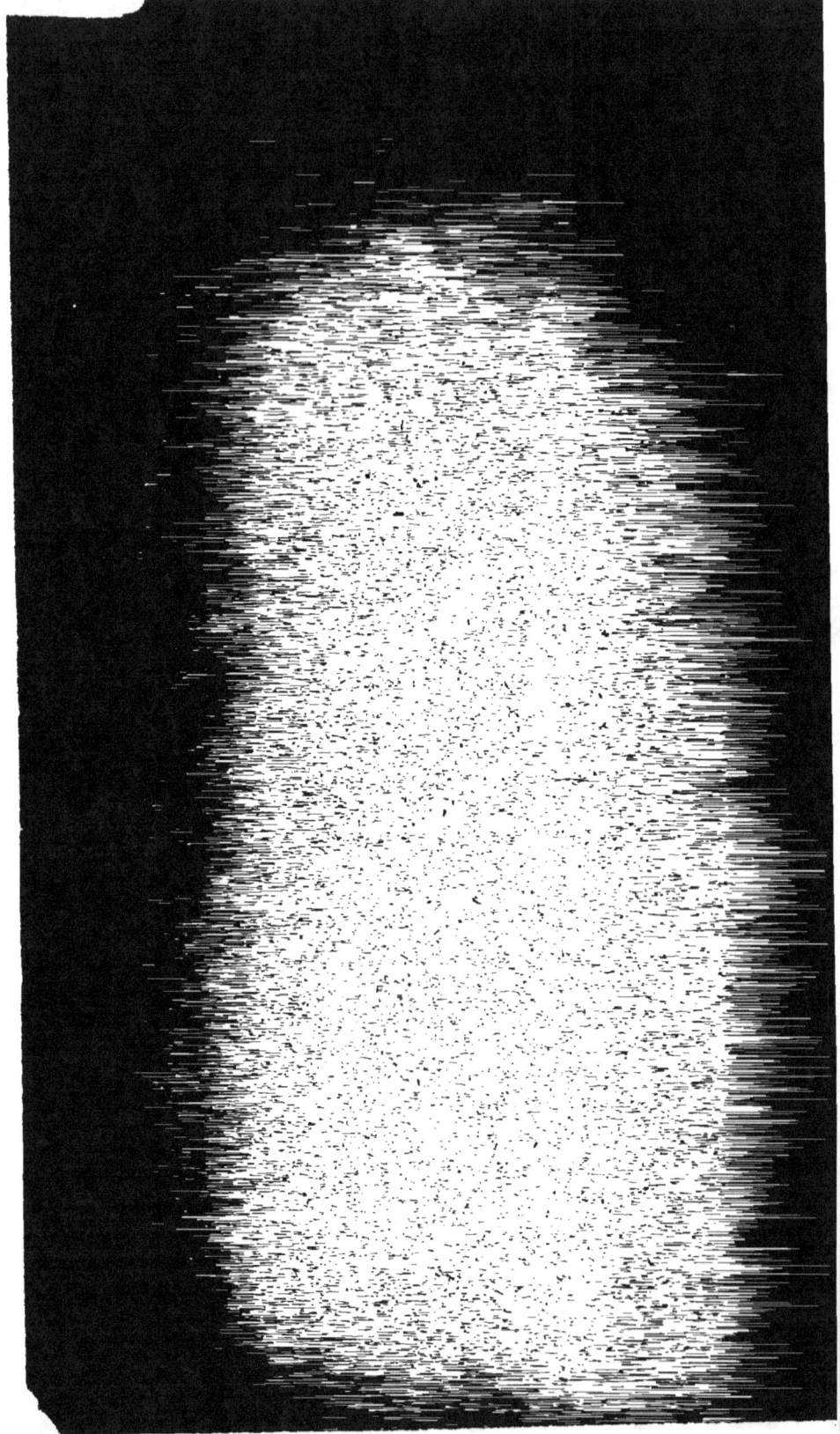

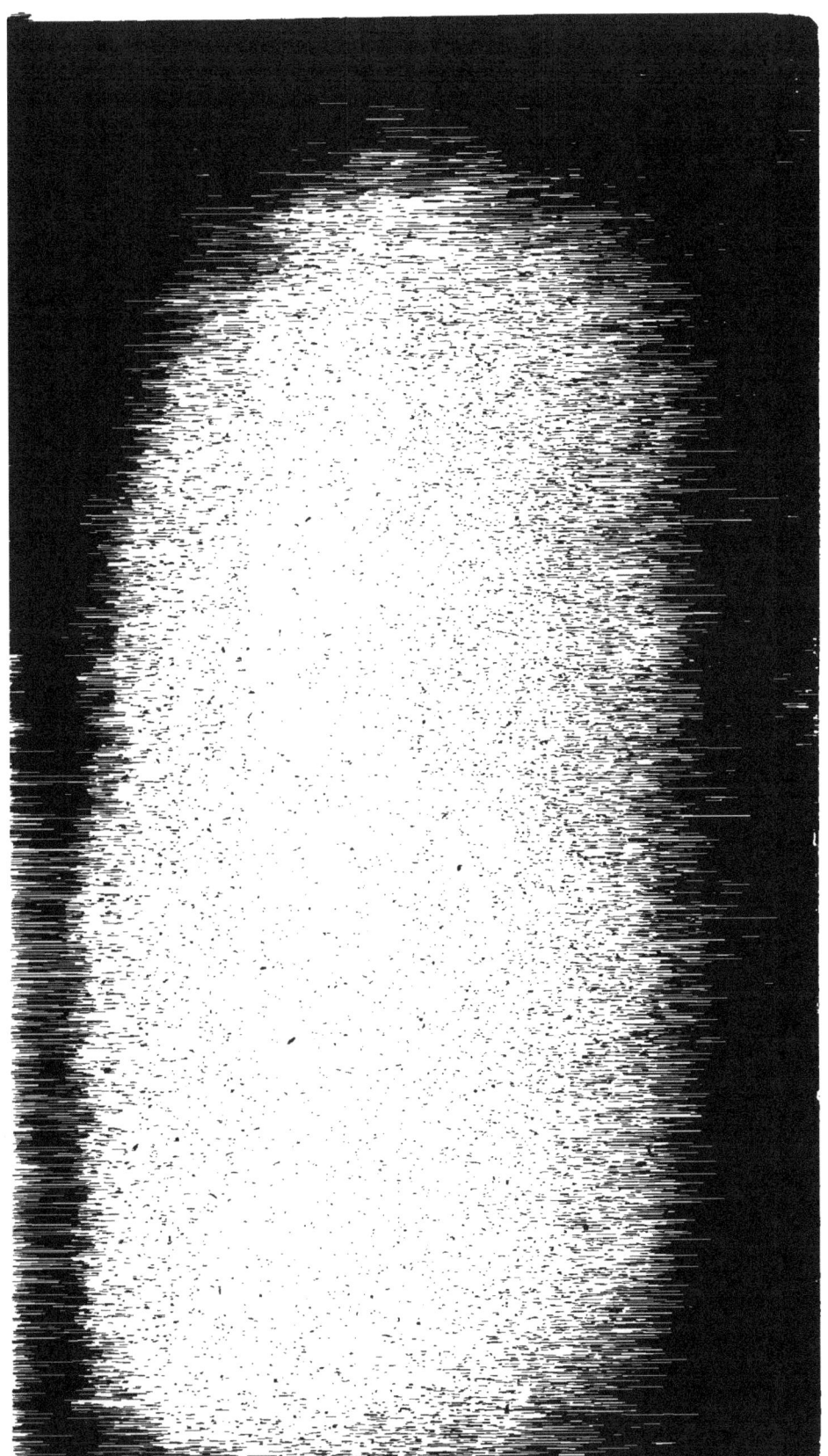

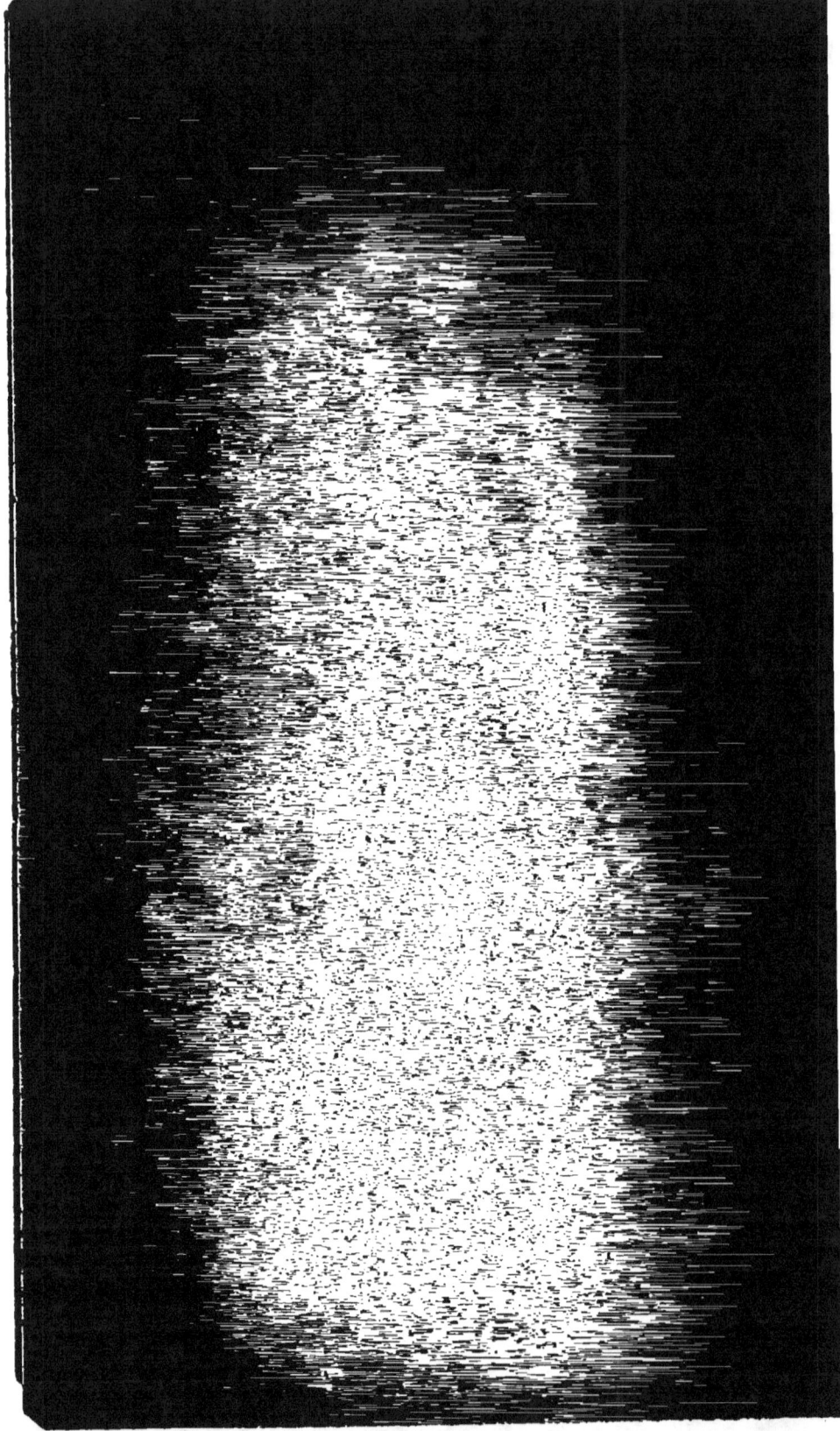

PHYSIOLOGIE

DU

BILLET DOUX,

PAR

M. BRUNO DE FURCY.

Paris,

J. BRÉAUTÉ, ÉDITEUR,

Passage Choiseul, 39.

CH. TRESSE, SUCCESSEUR DE **J.-N. BARBA,**

Palais-Royal, galerie de Chartres, 2 et 5.

—

1840

PHYSIOLOGIE

DU

BILLET DOUX.

VERSAILLES. — IMPRIMERIE DE MICHEL POSSONE,
avenue de Saint-Cloud, 5.

PHYSIOLOGIE

DU

BILLET DOUX,

PAR

M. BRUNO DE FURCY.

Paris,

J. BRÉAUTÉ, ÉDITEUR,
Passage Choiseul, 39.

CH. TRESSE, SUCCESSEUR DE J.-N. BARBA,
Palais-Royal, galerie de Chartres, 2 et 3.

1840

PRÉFACE.

LE progrès est à la mode ; c'est la
gloire, le rêve, la passion, la mono-
manie du siècle ; il s'introduit partout
et se manifeste jusques dans les préfaces. Là, il est vrai, comme dans beaucoup d'autres choses, le progrès n'est

1.

qu'une révolution. Si les préfaces ont grandi, c'est aux dépens des livres qui n'ont pas progressé du tout, et dont elles sont devenues la partie capitale.

Un auteur habile s'occupe aujourd'hui fort peu de faire un livre de quelque valeur, mais beaucoup de faire une préface dans laquelle il puisse se poser en grand écrivain, faire briller et toucher au doigt le mérite de la pensée ou mieux du génie qui, pour se distraire, a créé le chef-d'œuvre qu'il jette aux méditations de la foule.

C'est dans sa préface qu'un auteur expose les grands systèmes littéraires, politiques, philosophiques ou n'importe quoi, qu'il a inventés pour son usage particulier. C'est là qu'il répond avec une incomparable supériorité à toutes les impertinentes questions qu'il se fait adresser par le public, et qu'il se glorifie dans toutes les joies du triomphe.

C'est encore dans une préface qu'on peut trouver, à propos de fadaises, de niaiseries et de romans, les merveilleux projets de réforme sociale ou religieuse de quelque novateur qui se croit un confrère de Lycurgue ou de Mahomet.

Il y a dans cette méthode beaucoup de prudence, et les auteurs qui craignent, sans doute, qu'on ne trouve point de pensée dans leur livre, font sagement d'en afficher une dans leur préface. Aussi, doit-on traiter leurs livres au rebours des billets de jolies femmes, car des uns il ne faut lire que le post-scriptum, tandis que des autres il ne faudrait jamais dépasser la préface.

Mais à quoi bon ce préambule? et pourquoi faire une préface en critiquant les préfaces? est-ce encore un progrès? Si vous blâmez, n'imitez pas. — Oh! mon Dieu, non, ce n'est point mon intention. Je veux, au contraire, vous annoncer, cher lecteur, que ma préface n'est point mon livre, puis vous dire en deux mots pourquoi ce livre, qui est un peu plus sérieux que son titre.

Je suis humanitaire, c'est-à-dire que j'aime beaucoup les hommes et encore plus les femmes. Je désire donc leur être utile, agréable même s'il est possible : voilà ma justification.

J'écris peu pour la gloire, je n'écris pas du tout pour l'argent; je n'écris pas pour écrire, car cela m'ennuie prodigieusement, ce qui va faire dire à quelque mauvais plaisant que je ferais mieux de me taire, parce que j'ennuie aussi mes lecteurs; mais avouez que je ne dois pas le croire, autrement je n'aurais pas attendu son conseil. Je le dirai donc franchement, ma seule pensée, mon seul désir ont été de réunir quelques idées qui puissent contribuer au bonheur de l'humanité.

Je n'écris cependant pas pour le prix Monthyon. Non, en vérité. Je ne veux pas que mon œuvre puisse être confondue dans un concours avec quelque traité sur les prisons , le bourreau, la guillotine , ou l'éducation des femmes. Le contact de ces livres très philan-tropiques , qui pourrait le nier , me paraît trop dangereux ; il doit avoir quelque chose du froid de la mort ; et, à ce prix, je ne veux pas du prix Monthyon que mon livre, cependant, mériterait peut-être mieux qu'un autre. Je le prouve en deux mots.

L'amour est pour les hommes la source des plus grandes jouissances et des plus grandes douleurs. De lui vient le bonheur, de lui aussi vient le mal-heur du plus grand nombre ; car nul ne peut être sans aimer, et l'amour est le cœur même de l'homme. C'est

donc avec raison que cette passion occupe plus de place qu'aucune autre
dans la vie de l'humanité! Lui enseigner
la véritable science de l'amour serait
par conséquent l'œuvre la plus éminemment vertueuse, l'œuvre la plus
utile pour son bonheur.

Vous en êtes tous convaincus, j'en
suis sûr, et voilà pourquoi vous lisez
avec avidité les incroyables romans de
tant d'écrivains qui se mettent l'esprit
et l'imagination à la torture, pour
fausser, défigurer, ridiculiser ce sentiment dont ils font le principe d'un
bonheur idéal et la cause réelle de
toutes les folies, de toutes les extrava-
gances. Voilà pourquoi vous allez peut-
être me lire aussi.

Mais je vous en avertis, vous ne trouverez ici ni merveilleux, ni sublime, rien de saisissant, rien d'imprévu, aucune de ces grandes émotions que vous aimez trop. Je n'ai qu'une prétention, celle d'être simple et naturel. Je ne vous apprendrai rien de nouveau. Je vous rappellerai quelques idées malheureusement méconnues qui se puisent aux sources du sentiment et de l'expérience. Ces idées ne peuvent avoir d'autre charme que celui de la vérité; je me suis donc efforcé de le leur conserver. Si j'ai réussi, j'aurai réalisé la plus haute de mes espérances, car elles auront tout le prestige nécessaire pour les faire bien accueillir.

PHYSIOLOGIE

DU

BILLET DOUX.

Considérations Générales.

L'ÉCRIVAIN qui veut faire la monographie de l'un des millions d'êtres qui peuplent l'univers, animal, homme, poisson, végétal ou minéral, doit toujours commencer par un exposé des origines et une description qui établissent de prime-abord la per-

sonnalité de l'être qu'il va faire connaître :
il dira de quels ancêtres il est issu, sous
quel soleil, à quel jour de l'année il est
venu au monde. Toutes ces circonstances,
frivoles en apparence, sont essentielles à
remarquer, car s'il est né de parens illustres
dans les armes, il faudra dire pourquoi il
a aimé la douce philosophie et les arts de
la paix ; s'il est né au milieu des glaces
du Nord, il faudra expliquer pourquoi il
a montré dans sa vie l'énergie bouillante
d'un sang brûlé par le soleil ; enfin, s'il est
né un vendredi, il faudra faire comprendre
comment il s'est voué au culte de la sagesse
au lieu de rester enfant du plaisir.

Fidèle à cette méthode, je vais essayer
de produire la généalogie du *Billet doux*

dont je dois faire la physiologie, et faire connaître ses différentes transformations, telles qu'elles m'ont apparu à travers les siècles, jusques aux temps de ténèbres historiques où il a pris naissance.

L'amour est né avec le monde, mais non le billet doux ; le billet doux est fils de l'homme et non des Dieux. Les temps mythologiques ne l'ont jamais connu ; il ne faisait partie ni des armes de Cupidon, ni du charmant bagage de Vénus. Il est vrai que les Dieux ne savaient point écrire. Dans ces temps-là, la flèche, image du regard qui perce les cœurs et les enflamme, fut pour les Dieux l'arme nécessaire de l'amour. Or, ce qui fut dans l'Olympe se trouva aussi pendant fort longtemps sur

la terre, car les hommes et les Dieux pri-
mitifs s'imitaient réciproquement.

Dans les siècles où l'humanité se pro-
menait, pour ses affaires et ses plaisirs,
dans les prairies, sur les vertes collines,
le long des ruisseaux, et se reposait à
l'ombre des ormeaux et des grands hêtres,
l'amour, ce puissant et aimable tyran, qui
toujours régna sur le monde, gouverna
les astres, fit naître les fleurs et les arbres,
fit couler les rivières, souffler les vents,
bourdonner l'abeille, voltiger le papillon
et mugir les taureaux, n'avait pas encore
enfanté le billet doux. A quoi bon, en
effet, cet être mystérieux, lorsque tous
les jours l'amant pouvait porter ses offrandes de fleurs et de fruits aux pieds de

celle qu'il aimait ? A quoi bon un messager,
quand, par son regard enflammé, par ses
soupirs, par ses paroles les plus douces,
par les mille voix du sentiment, l'amant
pouvait parler sans cesse à son amante,
lui dire ses rêves, ses désirs, ses souffrances,
lui peindre son émotion, sa joie et ses
transports ? A quoi bon le billet doux,
enfin, lorsque l'amante, à son tour, se
parant des fleurs de l'amour, répondait au
regard par le regard, au soupir par le
soupir ?... Oh ! que le billet doux était
alors inutile !

Mais lorsque les hommes se multi-
plièrent, lorsque naquirent les cités ; la
difficulté de voir la personne aimée, le
besoin du mystère, la nécessité de tromper

2.

une surveillance de mère ou de jaloux, fit inventer le billet doux. L'écriture alphabétique n'étant pas encore connue, on eut recours à la peinture allégorique; on donna un corps, une forme, une figure aux idées, un emblème aux sentimens.

Tels furent les premiers billets, nécessairement fort simples, qui suffirent aux hommes pendant longtemps et ne modifièrent que bien légèrement les habitudes primitives de l'amour. Ces habitudes se conservèrent même après l'invention de l'écriture. Aux plus beaux jours de la Grèce, les hommes déclaraient leur amour en suspendant une guirlande à la porte de la beauté qui les avait charmés, et écrivaient son nom sur les arbres des environs; les femmes répondaient à ces déclarations en se couronnant de roses, fleurs de l'amour. Les véritables billets doux furent cependant connus des Grecs, et l'histoire nous en a conservé quelques-uns que j'aurai peut-être l'occasion de citer.

A Rome, l'usage du billet doux devint plus utile, souvent nécessaire. Ovide, ce grand maître qui enseigna l'art d'aimer aux jeunes Romains, leur conseille, après avoir fait choix de celle qu'ils doivent aimer, de préparer des tablettes et de sonder le terrain en lançant un billet doux. Que ce messager, dit-il, soit l'interprète de votre amour, qu'il soit porteur de tendres complimens et de ces mielleuses paroles ordinaires aux amans.

Cera vadum tentes rasis infusa tabellis,
Cera tuæ primùm nuncia mentis eat.
Blanditias , ferat illa tuas , imitataque amantem
Verba : nec exiguas , quisquis es , adde preces.

Ovide complète la théorie du billet doux dans les vers qui suivent , et que Saint-Ange a traduits ainsi :

. . . Humble , qu'il descende au rôle de client

. . . .

La promesse est facile ; elle ne coûte rien ,
Promets donc , le plus pauvre est riche de ce bien ;
L'espérance reçue , aisément se prolonge :
C'est un songe trompeur , mais on aime ce songe.
Si tu donnes d'abord , tes cadeaux sont perdus ;
On a sa récompense , et tu te vois exclus.
Si tu bornes tes dons à de riches paroles ,
On se prend au crédit de ces dettes frivoles

. . . .

Obtiens une faveur, voilà le difficile,

Et pour ne la pas perdre, on en accorde mille.

  Ecris donc : qu'un billet, orateur clandestin,

S'insinue en son cœur, t'en ouvre le chemin.

Cydippe sur un fruit lit un billet d'Acconce,

Et s'engage au serment que sa bouche prononce.

  En amour, au barreau l'éloquence a son prix :

Romains, à l'éloquence exercez vos esprits

. . . . ,

  Ménage ce talent et cache bien ton art :

L'esprit doit être aisé, naturel et sans fard.

D'un vain déclamateur, évite l'étalage,

Borne-toi pour ta belle aux mots du simple usage.

Un style plein d'enflure, un langage affecté,

Fut souvent tout le tort d'un amant rebuté.

Que le tien plein de feu, soit doux, facile et tendre,

En lisant tes billets, elle croira t'entendre.

L'art d'aimer ici n'est plus que l'art de
tromper, ce n'est point le cœur qui inspire

ce billet ; l'esprit même et le naturel ne
doivent y intervenir que pour mieux cacher
la ruse ; en cela, Ovide est conséquent avec
ce qu'il a dit dans un passage qui précède :

D'abord, sois bien certain que toute femme est tendre,
Que pour la prendre au piége , il suffit de le tendre.

Il est vrai qu'Ovide n'écrivait que pour
ceux qui aiment les amours faciles. Son
billet, sans doute, n'était pas fait pour
tout le monde , et on se fût bien gardé de
l'adresser aux imposantes matrones.

Voilà cependant la forme la plus élevée
du billet doux chez les Anciens, et cette
forme était trop grossière et imparfaite
pour être définitive.

Entre ce billet et le nôtre , celui que

vous connaissez, aimable lectrice, il y a tout un monde de séparation, il y a toutes les différences qui caractérisent l'amour païen et l'amour chrétien.

Les poètes et les philosophes anciens s'accordent peu sur la nature de l'amour. Ils se disputent même pour savoir où placer son berceau. L'un le fait descendre de l'Ether, dans les flancs de la Nuit ; l'autre dit que la changeante Iris et le léger Zéphyr lui donnèrent le jour ; un troisième s'écrie : vous vous trompez ! un souffle l'alluma au sein de la Discorde. Un quatrième enfin prononce qu'il est le vil enfant de l'intérêt, et plus tard, lorsqu'il s'élance dans la sphère du spiritualisme, il n'y voit plus que l'hy-

men mystérieux des ames épurées et ver-
tueuses.

Quoi qu'il en soit du mérite de ces bouf-
fonnes ou mystiques suppositions, tout le
monde sait que l'amour ne fut à son origine
qu'un instinct physique et grossier. Comme
sentiment, c'était tout au plus l'amour de
la forme, le culte de la beauté du corps.
C'était par les yeux surtout qu'il s'inspirait,
aussi avait-on recours, pour le faire naître,
à tout ce qui peut les charmer. Ce que
vantent les poètes, c'est avant tout la
beauté, la force, la souplesse du corps, la
perfection du visage, l'adresse des doigts,
puis après, la puissance, la noblesse et la
richesse. De ces beautés morales qui sont le

véritable aliment de l'amour, il n'en est question nulle part.

Aussi, pour captiver le cœur, se contentait-on le plus souvent de faire parade de ces qualités extérieures; c'est à peine si, pour réduire une beauté sauvage et rebelle, on avait recours aux douces paroles, aux caresses énivrantes de la voix dont les sons harmonieux flattent l'oreille, endorment la pensée, font tressaillir le cœur.

L'amour était un désir, jamais un sentiment; de là, la manière dont il se manifestait. De là aussi, pour se satisfaire, il avait plus souvent recours à la violence qu'à la prière, et appelait à son secours la séduction bien plus que la persuasion.

Mais à mesure que l'homme a mieux connu et lui-même et les lois de sa destinée, il a ennobli ses penchans en les soumettant à la raison, et l'instinct a fait place au sentiment moral.

Le spiritualisme religieux, en dévoilant les mystères de la création et enseignant qu'aux jours de sa première apparition sur la terre, l'humanité était une par l'union indissoluble de l'homme et de la femme, parties d'un seul tout, d'un seul être, et que cette unité de la chair, de l'esprit et de la volonté, était la perfection du bonheur, a fait comprendre aux hommes la raison de l'irrésistible puissance qui les porte à chercher le bonheur dans la reconstitution de cette unité. L'union des êtres a cessé d'être pour eux la réalisation d'une loi physique, la satisfaction d'un besoin irréfléchi ; et lorsque ce spiritualisme, enseigné aux nations comme une foi religieuse, a passé, en les transformant, dans les habitudes, dans les goûts, dans les mœurs des peuples, l'instinct naturel a dû être dominé par la loi intellectuelle et morale, et le sentiment est venu poétiser les appetits les plus grossiers.

Alors, il sembla à chacun qu'il se souvenait comme d'un rêve de ces jours heureux, où les désirs de la femme répondaient à tous les désirs du cœur de l'homme, où toutes leurs pensées se correspondaient sans effort, se traduisaient par une seule volonté, où ils trouvaient enfin dans une

admirable fusion la félicité pure, inalté-
rable, et la réalisation de ce rêve est de-
venue l'objet de toutes les espérances, de
toutes les poursuites.

On proclama comme un principe rigou-
reux, qu'il n'est pas bon que l'homme soit
seul, que les ames humaines doivent être
accouplées pour valoir tout leur prix ; et
que la force unie des ames, comme celle
des lames d'un aimant artificiel, est incom-
parablement plus grande que celle de leurs
forces particulières. L'homme et la femme,
tous deux faibles, tous deux incomplets,
déchirés dans leur ame, inquiets, avides
de jouissances et d'un bonheur sans nom,
toujours hors d'eux-mêmes, levèrent les
yeux au ciel pour lui demander de ren-

contrer sur la terre un cœur pour leur cœur, afin de pouvoir s'écrier ensemble, ne sentons-nous pas que le ciel nous a faits l'un pour l'autre; ne sentons-nous pas que désormais nos ames sont indivisibles, ou plutôt que nous n'en avons plus qu'une à nous deux !

Quelques personnes ont demandé si l'amitié n'était pas aussi puissante et meilleure que l'amour pour la formation du lien qui unit les ames : pour moi, cette question est stupide.

Les ames ont des différences essentielles et fondamentales; disons-le hardiment, les ames ont un sexe qui est le résultat de facultés constitutives parfaitement distinctes. L'homme ressemble à l'homme,

3.

chacun d'eux incomplet a cependant les élémens d'un être complet, mais ne saurait trouver dans un autre ce qui lui manque pour se compléter : l'exception serait une monstruosité. La femme, au contraire, est un être qui n'a point d'existence individuelle, qui n'existe pour ainsi dire point par lui-même ; elle vient de l'homme, de la substance duquel elle fut primitivement formée, à laquelle elle doit se rejoindre. Elle possède précisément ce qu'il faut pour lui donner la plénitude de l'être, et c'est par l'amour seul que peuvent se former les liens de cette sublime et mystérieuse union.

L'amour est donc ce lien sympathique qui attire et réunit deux cœurs pour les

identifier par un sentiment expansif et
profond, assimile leurs deux êtres, de
leurs deux vies n'en fait qu'une, et
les initie aux véritables jouissances de
ceux qui s'aiment. Peu d'hommes sont
faits pour goûter ce bonheur pur, cette
délicieuse monotonie de l'amour, qui
n'existe que pour ceux dont toutes les
pensées résonnent à l'unisson, qui n'ont
qu'une ame et un cœur, et auxquels il ne
reste plus de facultés que pour contempler, aimer, désirer, sentir. Mais pour
qui a su atteindre à cette perfection de
l'amour et de l'accord des êtres, le temps
ne passe point, la jeunesse dure toujours;
ils aiment, et aimer, c'est commencer de
vivre au-delà de cette vie passagère, c'est

se soustraire au temps qui s'enfuit, c'est anticiper sur l'immortalité.

Il est peu d'hommes, nous le répétons, qui arrivent à cette perfection de l'amour, et cependant le cœur de l'homme ne saurait être sans aimer, car l'amour est le cœur de l'homme même.

Ce serait une prétention bien vaine que de croire et dire son cœur au-dessus de ce sentiment. Nulle ame humaine n'est placée si haut ou si bas qu'elle ne doive en être atteinte; et il est certain que l'ame la plus pure ne saurait suffire seule à son propre bonheur.

Si quelqu'un peut se passer d'amour, c'est seulement l'homme religieux qui a choisi Dieu, être idéal et parfait, pour

ami, pour époux, et qui a établi avec lui,
dans son cœur et dans son imagination,
une communication, un échange continuel
de sentimens, de désirs, de soupirs ; mais
c'est encore de l'amour. Quant au sage
athée, si ce monstre existe, il ne trouvera
certes aucune jouissance à se mettre en
communication avec les atomes crochus
ou le néant, et restera forcément dans
l'amour terrestre.

Ne sommes-nous pas bien loin du billet
doux ? et mon Dieu, non ; car le billet
doux ne se sépare jamais de l'amour, il
est son confident, son messager ; il l'accompagne en tout temps en tous lieux, se
fait à tous ses caprices, subit toutes ses
transformations. Quand l'amour est un

astre enflammé, le billet doux est son satellite ou, pour mieux dire, son rayon.

A ce point de vue, la monographie du billet doux s'agrandit et prend les proportions d'une histoire morale et philosophique du cœur humain. Cette grande phrase ne doit point vous effrayer, lecteur à l'esprit léger. Le cœur humain est un être qui commet chaque jour de si étonnantes folies, que celui qui vous ferait réellement son histoire, vous révèlerait un million de faits de toute nature, de toute couleur, très drolatiques et très divertissans. Aussi pourrais-je, sans crainte d'être trop sérieux, aborder, suivant l'exigence de mon sujet, toutes les grandes questions psycologiques qui s'y rattachent.

Ici, j'ai seulement voulu montrer ce qu'est devenu le billet doux. Il a dû, comme on le voit, subir dans son organisation intime d'immenses révolutions, et il n'est point nécessaire d'entrer dans de plus longs développemens pour faire comprendre combien il y a peu de ressemblance entre le billet doux de nos jours et le billet doux des temps anciens. C'est le même être, sans doute, mais en le comparant à ce qu'il était, nous pouvons lui appliquer ce vers d'un illustre poète :

Heu! qualis erat! quatnùm mutatus ab illo!

Qu'il était enfant et mauvais sujet ! qu'il est devenu grand et philosophe !

Nous devons trouver dans ces réflexions les causes principales de l'importance et de la vogue actuelle du billet doux ; cependant nous en avons encore quelques autres à signaler.

L'amour, hélas ! ne se fait plus à l'ombre des beaux hêtres qui se penchent sur le haut des collines et ombragent la source du ruisseau qui serpente dans la prairie. Dans ce siècle cependant, où, pour s'aimer, on a besoin, dit-on, de se comprendre, il faudrait pour s'étudier le calme et le recueillement de la solitude. Où la trouver ? Où croyez-vous qu'un amant puisse parler de son amour à celle qu'il aime ? Est-ce à l'ombre des portes cochères, sous l'œil des portiers ? est-ce le long des ruis-

seaux fangeux de nos rues, sur le bitume
de nos boulevards, le sable caillouteux de
nos promenades, théâtres variés sur lesquels paradent la beauté, la jeunesse, le
luxe et la suffisance? Oh! ce n'est point
là qu'on trouve de ces véritables élans du
cœur, pleins d'éloquence et d'électrique
émotion, de ces suaves et brûlantes paroles
qui enflamment et persuadent! L'imagination est sous l'oppression d'un brouillard,
le cœur est mécontent, inquiet; c'est en
vain que le sentiment voudrait s'échapper
par le regard, par le geste, par la voix,
on se sent comprimé, reserré et comme
enchaîné par des liens invisibles, dont le
froid glacial pénètre jusqu'à l'ame qu'il
engourdit. Il n'y a que les lions et les

4

sots, c'est-à-dire ceux qui ne savent rien de l'amour, qui puissent parler sentiment dans de pareilles occassions.

Ces occasions de parler, vous ne les trouverez pas plus dans les fêtes, les bals, les spectacles ; là, vous serez toujours dans la foule, environné d'oreilles curieuses, ou pis encore, sous l'œil d'une mère, d'un rival, d'un jaloux.

On le voit donc, les habitudes, les exigences de notre civilisation ont aussi merveilleusement favorisé l'accroissement du billet doux en rendant ses services toujours utiles, souvent nécessaires au plus grand nombre des amoureux. Aussi faut-il peu s'étonner si son emploi est devenu universel.

L'importance du billet doux étant ainsi constatée, l'utilité de ce livre se trouve par cela même hautement démontrée, et nous croyons rendre service à l'humanité en écrivant la *Physiologie du Billet doux.*

CHAPITRE I.

—

Plan et Division.

4.

𝔓𝔩𝔞𝔫 𝔢𝔱 𝔇𝔦𝔳𝔦𝔰𝔦𝔬𝔫.

L'ÉTUDE du billet doux, ce petit être si connu, si aimé des femmes sur le sein desquelles il voltige au printemps de la vie, apportant amour, plaisir et bonheur, a été jusqu'à présent négligé par les physiologistes. Qu'il leur fût étranger, je le conçois; mais inconnu, je ne puis le penser, et je cherche en vain pour quel motif ils ont refusé de lui assigner dans les catégories universelles des êtres la place qu'il mérite si bien d'occuper.

Le billet doux n'est pas un être fantastique, impalpable, surnaturel; il naît, vit, meurt et renaît sans cesse sous nos yeux, sous nos mains. Être matériel et immatériel tout ensemble, il est aussi un et varié comme l'humanité, un et immortel comme elle dans son essence; multiple, passager, périssable comme elle dans les variétés infinies d'individus qui le reproduisent et le perpétuent.

En lui consacrant cet écrit, nous ne faisons donc que réparer un coupable oubli.

Nous n'avons pas la prétention de re-

tracer ici l'histoire détaillée de tous les individus qui composent l'insaisissable unité
du billet doux : cette tâche serait impossible
à remplir. Mais, pour rendre notre étude
aussi complète que possible, nous divise-
rons les individus en groupes ou familles
naturelles que nous étudierons successive-
ment.

C'est en parcourant les phases principales de la vie de l'amour, que nous
trouverons naturellement indiquées les
différentes familles de billets doux. Le
billet doux, en effet, étant la pensée, le
verbe incessamment enfanté par l'amour,
il doit subir autant de transformations suc-
cessives que l'amour lui-même; le suivre
dans toutes ses révolutions, en marquer

toutes les périodes, et leur emprunter des
caractères particuliers, qui se retrouveront
toujours avec plus ou moins de ressemblance chez les individus nés dans une
même période.

Ces divisions me semblent les seules
vraies, les seules naturelles. Toutes celles
qu'on pourrait essayer d'établir d'après un
type commun, une physionomie person-
nelle, ne sauraient distinguer que des ag-
grégations semblables d'individus dans
chaque famille et non des familles réelles
et séparées. Ainsi, on ne peut pas dire
qu'il y ait des familles de billets-poètes, de
billets-philosophes, de billets-poignards,
de billets-mélancoliques, etc. Ces déno-
minations, qui peuvent différencier les

individus d'après les traits, les nuances, les qualités propres à chacun, sont tout au plus bonnes à former des subdivisions dans les grandes familles de chaque période ; Mais je ne puis les adopter même pour cet usage, parce que leur emploi morcellerait le sujet, ou entraînerait dans des développemens beaucoup trop étendus.

Voici donc les limites du plan que nous croyons devoir nous tracer. Nous tâcherons d'abord de résoudre une question qui touche à la nature même du billet doux ; nous examinerons s'il est mâle et femelle.

Cette question résolue, nous parcourrons les différentes familles de billets doux dans l'ordre de leur création.

Ainsi, en prenant l'amour à son point

de départ, à sa naissance, nous trouverons la famille du billet-déclaration. Nous aurons ensuite après quelques billets intermédiaires peut-être, mais qui sont nécessairement frères puînés du premier : le billet rendez-vous, qui annonce la seconde phase des révolutions de l'astre d'amour.

Il doit alors apparaître dans toute sa plénitude, avec son éclat le plus éblouissant, et nous verrons le billet-béatitude.

Après cela, l'astre ne peut plus que décliner ; il entre dans le ciel des nébuleuses et des orages, et nous voyons naître les billets-élégiaques, les billets-vapeurs, les billets-jaloux, les billets-reproches, les billets-raccommodemens ou excuses.

Nous sommes alors parvenus au terme

de la carrière, il ne nous reste plus qu'à assister aux dernières crises de l'amour, crises qui se manifestent par des billets-désespoir et enfin des billets-dénouement. Ce sont les derniers, les billets doux disparaissent avec l'amour, et s'ensevelissent avec lui dans le silence de l'oubli.

C'est la nature même qui nous a fourni ce plan, aussi, trouvons-nous inutile de le justifier, et nous allons sans plus tarder essayer de le remplir.

CHAPITRE II.

Le Billet doux est-il mâle et femelle ?

Le Billet doux est-il mâle et femelle?

LES naturalistes ayant déclaré et prouvé scientifiquement que dans la nature on retrouve à tous les degrés de l'échelle des êtres les attributs qui caractérisent le sexe mâle et le sexe femelle, bien que dans certaines espèces ces doubles attributs

5.

se trouvent réunis dans le même individu ; nous devons présumer naturellement que le billet doux ne forme pas exception sur ce point. Examinons cependant.

Nous savons que beaucoup de bons esprits disent que l'ame n'a point de sexe, que l'amour n'en saurait avoir, ni par conséquent le billet doux. — Car ce dernier étant évidemment neutre de sa nature, ne saurait emprunter sa qualité de mâle ou de de femelle qu'à l'esprit qui le produit ; or, comment un être sans sexe pourrait-il lui communiquer l'un ou l'autre de ces caractères ?...

Ce raisonnement est furieusement logique, mais il est fondé sur une opinion dont nous avons déjà démontré la fausseté ;

il tombe par conséquent de lui-même, et nous pouvons dire en partant du principe contraire : le billet doux, qui, nous l'admettons volontiers, n'est par lui-même ni mâle ni femelle, recevra l'un ou l'autre de ces sexes de l'individu qui l'aura créé et mis au monde.

Cependant, parce qu'il est bien vrai que l'ame de la personne qui écrit se reflète dans son œuvre, et plus particulièrement dans un billet doux, il ne s'ensuit pas que tous les billets écrits par les hommes auront un cachet universel qui les unisse en un point commun, essentiel et appréciable de ressemblance. Si la nature ne s'était jamais trompée dans la distribution des rôles d'homme et de femme, la chose pourrait avoir lieu sans doute, mais comme il est de fait incontestable qu'il y a souvent erreur, que beaucoup d'hommes sont femmes par leurs qualités morales, et que beaucoup de femmes seraient bien mieux hommes sur ce point, il résulte nécessairement que dans une foule de circonstances le billet doux paraît mentir à son origine. Il n'a pas du moins cet extérieur franc et caractéristique qui doit le faire reconnaître immédiatement.

Dans le billet-déclaration, par exemple, on pourrait se tromper, si, posant en principe que l'attaque appartenant à l'homme, tout billet à la démarche franche et provocatrice doit être nécessairement mâle, et cela par la raison toute simple que les rôles s'intervertissent quelquefois et que l'on se dispute l'initiative. Ceci n'est pas une calomnie.

Mais à quels signes aurons-nous donc recours pour constater la vérité ? Voilà précisément ce que je ne saurais dire, car entre nous je n'ai jamais vu les ames, je ne les ai jamais soumises au tranchant du scalpel pour en faire l'anatomie comparée. Je suis donc forcé d'avouer que dans l'état actuel de la science, il est impossible de rien préciser sur cette question délicate.

Il est certain que le sexe des ames se manifeste évidemment par les affections. Les exceptions ne sont que des monstruosités comme on en rencontre dans tous les ordres de faits naturels.

De la différence et de l'opposition constante des effets nous pouvons conclure à
la différence des causes ; mais nous ne
saurions dire avec précision en quoi ces
causes sont distinctes en elles-mêmes. De
même, lorsque les effets, quoique de
nature différente, nous apparaissent avec
des ressemblances parfaites, nous ne
pouvons dire à laquelle des deux causes
ils doivent appartenir.

Notre opinion sur les sexes du billet
doux se trouve conforme à la croyance de
l'Antiquité, qui partageait le sceptre divin
de l'amour entre Cupidon et sa mère.

Ainsi donc, bien que nous ne puissions
déterminer dans les billets doux les or-
ganes caractéristiques de chaque genre,

nous n'en résoudrons pas moins affirmati-
vement la question que nous avons posée
en tête de ce chapitre.

CHAPITRE III.

—

Billet-Déclaration.

Billet-Déclaration.

MES paroles sont vraies et je les adresse
à tous ceux qui aiment ou veulent aimer.
Tous cependant ne les apprécieront pas
également, je le sais d'avance, et c'est
peut-être ce qui les justifiera. Comment
en effet pourraient-elles également plaire

à l'homme qui voit dans l'amour une passion intime, unique, profonde, qui anime toutes les idées, inspire tous les sentimens, résume la vie entière, et à celui qui n'y voit qu'une passion d'un jour, et pourrait dire, comme Ovide : « De toutes les belles que l'on admire » dans Rome, il n'en est aucune que ne » convoite mon amour. »

A celui-ci je dirai : une déclaration verbale n'est confiée qu'à l'oreille qui l'écoute, à l'air qui n'en conserve aucune empreinte, au vent qui l'emporte, elle ressemble et convient à votre amour. Une déclaration écrite, au contraire, est une protestation solennelle, un serment redoutable, c'est une arme terrible contre celui qui l'écrit, et si vous ne tenez à votre engagement, la personne qui le possède peut à tout instant vous flétrir au nom de l'honneur et de l'amour.

C'est en vain que vous prétendez être sans peur, entreprenant, audacieux, ayant tout à espérer, rien à compromettre, et que dans cette position il n'est point de plus charmante occupation que de conquérir le cœur de toutes les jolies femmes qui se rencontrent sous votre regard fascinateur. Si vous n'avouez aussi que vous êtes sans ame et sans honneur, il ne vous sera point permis de porter atteinte, par vos impertinentes déclarations, à la réputation de nos jeunes filles et de nos épouses.

6.

Mon anathême vous fait sourire, et vous me répondez qu'on rit des parjures d'un amant, qu'il est permis de tromper des trompeuses (presque toutes le sont), que cette faute est toujours impunie, et que votre bonne foi n'en sera que plus respectable.

Puisse l'amour vous punir de vos principes infâmes ! Mais puisque je n'ai point mission de vous convertir, trève de morale, et voyons en quoi consiste le billet-déclaration.

Après avoir soumis un grand nombre de ces billets à une minutieuse analyse et les avoir débarrassés, par les procédés chimiques si perfectionnés de nos jours, de toutes substances étrangères, j'ai trouvé

que le billet-déclaration se réduisait toujours à cette phrase : *je vous aime! aimez-
moi!* Découverte immense, qui atteste
l'unité humanitaire dans tous les temps,
dans tous les lieux du monde, et qui
prouve comme quoi Adam et Eve n'ont
enfanté qu'une race de perroquets, qui
tous répètent la même chose depuis le
commencement des siècles, et qui, sauf
quelques variétés de ramage et de plu-
mage, sont identiquement les mêmes.

Au fond, tous les billets-déclarations se
ressemblent, ils sont un. Ce qui les dis-
tingue et fait la variété de l'unité, c'est
l'enveloppe, le coloris. Ainsi, ces paroles
je vous aime, aimez-moi, toutes séduisantes qu'elles soient par elles-mêmes, ne

sauraient suffire pour faire un billet. Si vous vous contentiez de les écrire telles qu'elles se comportent, en cinq mots, sept syllabes, dix-huit lettres, dont onze voyelles, ce qui leur donne, j'en conviens, beaucoup de suavité, vous n'arriveriez cependant jamais jusqu'au cœur que vous voulez toucher, vous ne pourriez obtenir son amour.

Pour réussir, il faut parer ces simples mots de toutes les séductions du langage, il faut les dorer de tous les rayons qui peuvent jaillir d'un cœur amoureux. Il faut en un mot persuader que vous aimez et que vous êtes aimable. Dans le siècle où nous sommes, personne n'est cru sur parole brève, franche et naïve. On ne se laisse prendre qu'à l'art qui les façonne

avec plus ou moins de grace et de séduction. C'est pourquoi malheureusement on
croit plus souvent au mensonge qu'à la
vérité.

Quoi qu'il en soit, vous qui voulez être
cru, écoutez mes conseils. — Avant tout,
gardez-vous de l'affectation ; quand il s'agit
de peindre le sentiment, il ne faut point
vouloir briller. Evitez les écarts de l'imagination, les ornemens frivoles, les pensées
recherchées, les images pompeuses et les
traits d'esprit ; n'allez pas non plus vous
imaginer de vouloir plaire et émouvoir par
des louanges qui ne sont que des flatteries
extravagantes, par des gémissemens dont
la feinte saute aux yeux, par des douleurs
étudiées, des désespoirs de sang-froid.

Je suis tenté de vous adresser ces vers
de Boileau :

. . . . Il faut suivre la nature,
C'est elle seule en tout qu'on admire et qu'on aime,
Un esprit né chagrin plaît par son chagrin même.

Mais je crains de n'être pas plus écouté
que Marmontel, qui à ce sujet vous donne
aussi un conseil fort sage : « *Ne veuillez
jamais paraître ce que vous n'êtes pas* (ne
prenez pas la peau du lion), *mais tâchez de
devenir ce que vous voulez paraître.* »
Pauvre Marmontel ! ta parole n'a retenti
que dans le désert, et personne aujourd'hui
ne songe à mettre tes maximes en action.
Où sont ceux qui ne se pavannent sans cesse
sous une parure d'emprunt ? C'est préci-

sément ce qu'on n'a pas qu'on veut paraître avoir. Il y en a qui s'enveloppent de triples et quadruples peaux, sans compter cette nauséabonde peau de la fatuité, qui fait le surtout à la mode de chacun.

On fait beaucoup de reproches au cœur des femmes qui en mérite peut-être un seul qu'on ne lui adresse pas ; c'est d'être trop tendre et trop confiant. N'allez pas croire cependant que tout cœur de femme soit disposé à vous aimer ; cette présomption pourrait vous être funeste. Il ne suffit pas de prétendre, il faut savoir plaire, et l'expérience nous enseigne que les mêmes qualités ne sont pas appréciées de la même manière par toutes les femmes. Ce qui déplaît à l'une en séduit une autre. La coquette se joue d'un sentiment simple et naïf, l'ambitieuse se moque du cœur sentimental qui ne sait que soupirer et vanter les charmes de la vie contemplative. De la distinction et de la modestie plaisent à la femme spirituelle ; la jeune fille candide se laisse trop souvent séduire par la fatuité ; la sottise plaît à un trop grand nombre de femmes ; en un mot, les cœurs ne sont pas également sensibles, ce ne sont pas les mêmes accens qui les font tressaillir, les mêmes paroles qui peuvent les charmer.

Si vous ne voulez pas écrire un billet doux en étourdi, étudiez donc avec soin le caractère de la femme à qui vous voulez l'adresser. Sachez quelles sont ses habitudes, si elle aime la douce lumière des premiers rayons du jour, ou si au contraire elle ne se lève qu'à l'heure où le soleil darde tous ses feux. Voyez si dans sa parure elle recherche le brillant et l'éclat, ou l'ordre, la simplicité et l'harmonie. Apprenez à distinguer le parfum qu'elle préfère, si c'est la violette ou la tubéreuse, ou la fleur aimée du soleil. Fuyez la femme qui sent le musc et l'ambre.

Vous avez dû étudier avec soin le tableau mouvant de sa physionomie. Son regard est-il vif, assuré, radieux, expressif, provocateur? ou voilé, timide, tendre et mélancolique? Sa parole est-elle rapide et brûlante, ou calme et sensée, sa

7

voix est-elle accentuée, sonore, vibrante, ou faible, veloutée, perlée. Sa démarche est-elle vive ou gracieuse, molle ou un peu raide, etc., etc...? Il faut tenir compte de tout. Gardez-vous de rien oublier dans cet examen, dont je ne puis vous indiquer tous les détails.

Mais si vous voulez être assuré du triomphe, pénétrez plus avant, devinez la qualité qu'une femme apprécie le plus dans l'homme, afin de montrer en vous cette qualité dominante et de pouvoir ainsi sortir de la foule et vous grandir à ses yeux. Découvrez surtout le sentiment secret, mystérieux, ce je ne sais quoi de réel et d'idéal tout-à-la-fois, espèce d'énigme que chaque femme propose dans sa

pensée à tout homme qui prétend l'aimer, et qu'il faut deviner pour qu'elle
n'ait pas le droit de se déclarer incom-
prise.

Si vous paraissez ne voir dans une
femme que ce que tous vantent et flattent
à l'envi; si vous ne l'aimez et ne l'admirez
que pour ces qualités apparentes que tout
le monde aime et admire, vous aurez peu
de chances de succès. Encore un, se dira-
t-elle ! Vous restez dans la foule de ses ad-
mirateurs, distingué, peut-être, si vous
êtes homme de mérite et que votre hom-
mage la flatte, mais vous n'entrez pas
dans son cœur. Si au contraire vous paraissez touché de ce charme particulier
qu'on lui conteste peut-être, que l'œil de

la foule n'a pas su découvrir ; si vous lui révélez un mérite nouveau ou qu'elle croyait inaperçu, quoiqu'il la flatte le plus elle-même, oh! alors, vous recevrez un accueil tout différent. Vous serez l'homme qu'elle avait rêvé, l'homme qui a compris son ame tout entière.

On peut, sans blesser une femme, admirer en elle des qualités qu'elle ne possède pas, elle se prêtera volontiers à l'illusion de l'amour ; mais vous l'offensez cruellement si vous ne rendez pas justice à un mérite qu'elle sait ou croit avoir. Vous n'avez rien à espérer d'elle ; vous l'avez blessée dans ce qu'elle a de plus sensible.

S'il est sans inconvénient pour les

femmes de leur supposer des qualités qu'elles ne possèdent pas , il n'en est pas ainsi pour l'homme, pour celui du moins qui aime sérieusement. Et ceci est très rationnel : si en effet vous admirez chez une femme des qualités qu'elle n'a point, mais qu'il vous faut trouver en elle sous peine de cesser de l'aimer , et que , séduit par ces qualités , vous lui fassiez une déclaration ; cette déclaration sera mensongère , le fruit d'une illusion , vous n'aimerez pas réellement cette femme , mais celle que votre imagination vous aura représentée, et lorsque vous ouvrirez les yeux , lorsque vous découvrirez votre erreur , l'amour s'enfuira avec l'illusion qui la produit.

Ceci explique pourquoi, dans le monde,

7.

les mariages qui se contractent par des
considérations positives et appréciables sont
peut-être plus souvent heureux que ceux
qui semblent se contracter par amour. Dans
les premiers, il y a rarement erreur. L'on
s'est assuré la possession des choses qu'on
désirait, il n'y a point de mécompte possible. Dans les autres au contraire, que
d'illusions, que d'erreurs, de décep-
tions !

Revenons au billet doux. Le meilleur,
le seul précepte à suivre est de prouver à
une femme qu'on la connaît et la comprend
toute entière, et de se montrer en même
temps à elle avec les qualités qu'elle désire
et qu'elle admire principalement dans
l'homme. Ainsi, voilà les formules : je

vous aime parce que vous avez de l'esprit; je vous aime parce que vous avez toutes les délicatesses de l'ame; je vous aime parce que vous avez de la grâce dans le maintien, de la distinction dans la tournure, de l'é-légance dans les manières, de la dignité dans la démarche; je vous aime parce que vous avez la beauté du visage, etc., etc... Aimez-moi parce que je suis spirituel et joyeux, aimez-moi parce que je suis brave et ambitieux, parce que je suis fort et fier; aimez-moi parce que je suis modeste et sentimental, etc., etc.

Voilà quelques-unes des idées principales; il faut y joindre toujours les qualités universelles de fidélité éternelle, de dévouement sans bornes, qui doivent se trouver dans tous les billets quoiqu'ils se trouvent si rarement dans les ames.

Mais si vous voulez obtenir une affection sincère et durable, rappelez-vous mon premier conseil; montrez-vous ce que vous êtes. Que votre ame se révèle dans chacune de vos paroles; vous ne réussirez pas aussi sûrement, vous ne pourrez que plaire, vous ne pourrez jamais séduire ni tromper.

La femme qui répond à une première déclaration d'amour est toujours à moitié séduite; mais ce n'est pas là ce qui doit nous occuper. Nous devons seulement voir comment elle répond, lorsqu'elle répond à cet appel de l'homme : je vous aime, aimez-moi.

Avant de répondre à un billet-déclara-

tion, la femme doit, si elle n'aime déjà,
le méditer avec soin, l'analyser avec une
fine attention. Il faut que dans ce billet,
elle découvre le portrait de celui qui l'écrit :
il faut qu'elle devine le cœur de l'amant
par les expressions dont il se sert pour
peindre le sentiment. Qu'elle sache surtout
reconnaître si c'est le piége d'un fourbe ou
la prière d'un homme vraiment amoureux.
Après cet examen, elle écoutera son cœur
et lui obéira.

Qu'elle me permette toutefois de lui
adresser auparavant ce conseil d'Ovide :
« Ne répondez pas à ces efféminés qui font
» parade de leur beauté et de leur parure,
» et qui craignent d'ébranler le merveil-
» leux édifice de leur coiffure. Ce qu'ils

» vous disent, ils l'ont dit à mille autres ;

» leur amour vagabond ne saurait se fixer.

» Eh ! que peut faire une femme quand un

» homme est plus efféminé qu'elle ?... Il

» est des hommes qui s'insinuent auprès

» des femmes sous les dehors d'un amour

» qu'ils n'ont jamais ressenti, et qui ne

» recherchent qu'un bénéfice infâme. Ne

» vous laissez éblouir, ni par cet éclat

» d'une chevelure d'où s'exhalent tous les

» parfums de l'Orient, ni par ce corset qui

» enferme leur taille amincie, ni par ce gilet

» éclatant, ni par cette cravate au nœud sé-

» duisant, ni par ce jabot prétentieux, ni

» par ces anneaux qui brillent à leurs doigts.

» De tous ces galans aux belles manières,

» c'est toujours Ovide qui parle, le plus

» magnifique est souvent un escroc qui
» n'est amoureux que de vos dépouilles. »

Mais voyons enfin comment la femme
écrira cette réponse qu'elle fait toujours
attendre assez pour aiguillonner le sentiment. Oh ! qui saurait dire tout l'art qui
préside à cette œuvre de ruse et d'amour.
Comme elle se montre indulgente et sévère,
comme elle inspire à la fois la crainte et
l'espérance, comme la vérité se cache dans
les images, se perd dans les détours de
l'expression ! cette réponse ambiguë, em-
barrassée, est parfois difficile à interpréter,
tant elle dit le contraire de ce qu'elle veut
laisser croire.

Que de fois il faut lire je suis fâchée,
c'est-à-dire je suis flattée de votre amour...

tâchez d'oublier... c'est-à-dire, entretenez avec soin... ne commettez plus l'imprudence de m'écrire, c'est-à-dire encore, écrivez-moi, mais soyez prudent et discret. Quelquefois aussi les réponses de la femme ne sont qu'un élégant et mordant persiflage. Malheureux ceux qui en sont dupes!

Voilà de quelle manière se produisent l'homme et la femme dans ce premier échange de billets doux : l'un franc, audacieux, entreprenant ; l'autre, rusée, dissimulée, timide. Non pas que l'homme soit meilleur que la femme ; tout au contraire, car, et en ceci je suis de l'avis d'Ovide, la femme impuissante contre l'amour, n'en saurait ni briser les traits, ni éteindre les feux ; l'homme y est moins sensible : et tout considéré , les femmes offrent moins d'exemples de perfidie. C'est pour cela que les hommes s'excitent sans cesse à l'amour, tandis que tant de femmes s'efforcent d'y résister.

Ce qui rend la conduite de l'homme si différente de celle de la femme, c'est ce préjugé étrange qui permet tout à l'homme, qui lui ordonne d'être libre, de tout oser, tandis qu'il condamne la femme à une inévitable et éternelle oppression qui la dénature, la force de cacher ses véritables sentimens, l'accable du poids de sa haine et de son mépris lorsqu'elle a l'ame assez forte pour vouloir secouer le joug qu'on lui impose. Pauvre femme !

La plus vertueuse est celle qui se tait et

souffre en silence. Le silence, c'est l'éternel refuge de la femme ; elle n'en a point d'autre contre les billets doux.

Respectez donc la femme qui ne répond point à vos incessantes déclarations d'amour, ou si vous éprouvez pour elle un amour ardent, profond, invincible, rendez-vous digne de son affection. Mais quand après plusieurs tentatives, elle vous laisse voir encore que vous l'offensez par vos poursuites ; alors, si elle est ce qu'elle veut paraître, si vous avez quelque sentiment de noblesse, si vous avez surtout le besoin d'être estimé de cette femme, soumettez-vous et gardez soigneusement votre amour au fond du cœur. Ce sera un souvenir heureux pour vous aux jours des souvenirs.

Il est temps de conclure ce chapitre déjà trop long et de résumer en peu de mots ce que nous venons de dire des billets de l'homme et de la femme.

Celui de l'homme qui aime sincèrement et de bonne foi est facile à écrire : il suffit qu'il traduise avec vérité, qu'il rende visibles les sentimens dont il est animé. Pour l'homme qui veut séduire, l'art est également fort simple. Il faut qu'il imite la vérité, et en cela il peut se montrer plus habile que celui qui aime.

La femme aussi peut être simple et vraie en laissant parler son cœur, ou faire briller son imagination dans la manière dont elle accueille un amour qu'elle repousse, dont elle encourage un sentiment qu'elle condamne au silence, dont elle fait comprendre ce qu'elle désire et ce qu'on doit tenter pour lui plaire, par la manière enfin dont elle se défend en fournissant les armes nécessaires pour triompher d'elle.

CHAPITRE IV.

Billets-Présens.

Billets-Présens.

Nous allons placer ici la monographie
d'un billet particulier, qui n'appartient
spécialement à aucune des familles de
billets doux que nous avons indiquées, et
qui se rattache un peu à toutes, bien qu'il
tienne plus particulièrement à la famille du

billet-déclaration , raison pour laquelle nous disons ici ce qui le concerne.

Le billet que j'appelle billet-présent, est, a toujours été et sera toujours très à la mode, par la raison sans doute qu'il est très persuasif et très touchant pour le cœur de certaines femmes. Sa naissance se perd dans la nuit des temps , mais tout porte à croire qu'il naquit à cette époque où les hommes, pour déclarer leur amour, empruntaient le langage symbolique des fleurs, des fruits, de tout ce qui a une voix dans la nature. Ce langage symbolique, qui s'adressait aux yeux, devait avoir sans doute une signification précise; cependant on ne tarda pas à s'apercevoir que tous ne parlaient pas de la même manière, ou du moins ne persuadaient pas également. On remarqua par exemple qu'une guirlande de fleurs se faisait moins bien comprendre qu'un panier de fruits. La cause de ce phénomène occupa beaucoup les méditations des profonds penseurs du temps, mais enfin, après avoir sérieusement réfléchi, on finit par découvrir en quoi consistait le bien dire du présent, et la richesse fut reconnue comme le moyen le plus sûr de lui donner de l'éloquence. C'est ainsi que la voix du pauvre meurt sur ses lèvres et n'est reçue dans aucune oreille, tandis que la voix du riche se répand dans l'univers, monte jusqu'au ciel et descend dans le cœur des belles.

Lorsque le billet doux écrit fut inventé,

il ne détrôna pas le billet-présent, il prit seulement place à ses côtés, et le présent doit encore souvent accompagner le billet doux pour le rendre persuasif. Le langage symbolique des présens resta d'ailleurs le billet doux de tous ceux qui ne surent point écrire. Aujourd'hui encore il est loin d'être tombé en oubli, car toujours, on le sait, les belles sont sensibles aux présens qui expriment le désir et demandent un échange.

Peut-être même est-ce sous cette forme qu'il fut toujours plus agréable aux femmes.

Aussi le *Roman de la Rose*, si riche en instructions pour les amans, leur donne-t-il ce conseil :

Donnez-leur des noix, des cerises,

Cormes, prunes, fraisches merises,

Chataignes, des coings et noisettes,

Pêches, raisins ou alliettes,

Nepfles entées ou framboises;

Belloces, davesnes, jorroises

Ou des meures franches ayez;

Tels fruits nouveaux leur envoyez;

Et se les haviez achetez,

Dites qu'ils vous sont présentez

D'ung votre amy de loing venuz,

Et les eussiez par achapt euz.

Et donnez roses vermeillettes,

Primerolles ou violettes,

Et bouquets selon la saison;

Tels dons sont de bonne raison,

Sachiez que dons les gens affolent.

Marot dit qu'à toutes ces choses, qui

déjà de son temps sans doute avaient
moins de valeur , il faut ajouter :

> De l'argent ,
> Quelque chaîne d'or bien pesante ,
> Quelque esmeraude bien luysante
> Tout soudain cela serait pris ,
> Et en le prenant elle s'oblige.

Car , comme le dit un autre poète ,
d'Aceilly :

> Qui donne un bijou ,
> Au moins s'il n'est fou ,
> En demande un autre.

Marot nous dit encore d'une manière
plaisante :

> Quand les petites vilotières
> Trouvent quelque hardy amant

Qui veuille mettre un dyamant
Devant leurs yeux rians et vers,
Coac, elles tombent à l'envers.
Tu ris, mauldit soit il qui erre !
C'est la grand'vertu de la pierre
Qui esblouit ainsi les yeulx.
Tels dons, tels présens servent mieulx
Que beauté, sçavoir, ni prières;
Ils endorment les chambrières;
Ils ouvrent les portes fermées
Comme s'elles étaient charmées;
Ils font aveugles ceulx qui voyent,
Et taire les chiens qui aboyent.
Ne me crois-tu pas?

Aussi dans le temple de Cupidon Marot
place-t-il comme

Très saintes reliques,
Carcans, anneaux aux secrets tabernacles;

Escuz , ducats , dedans les clos obstacles ;
Grans chaines d'or dont maint corps est ceint ,
Qui en amours font trop plus de miracles
Que beau parler , ce très glorieux saint.

Cela est vrai et a eté répété avant et depuis la pluie d'or de Jupiter jusqu'à nos jours.

Berthelot avait dit avant Marot :

On pourrait être de ce monde
Le plus excellent en faconde ,
Et docte autant qu'était Platon,
Que , si n'avez l'or de Pluton,
Les dames de ce temps avare
Ne vous réputeront qu'ignare ;
Car nul sçavoir n'est honoré
Maintenant s'il n'est bien doré.

Lafontaine, ce poète inimitable, qui

plaît tant aux femmes, sans doute parce qu'il a su les comprendre, a exprimé la même pensée dans un grand nombre de ses vers. Nous allons en citer plusieurs passages, car, sur une matière aussi délicate, j'aime mieux, pour éviter la censure, me servir des paroles de ceux qui ont traité ce sujet, que de les répéter en formulant leur pensée d'une manière nouvelle et sans doute moins piquante.

Apprenez donc dans le conte du *Faucon* tout ce que peut le présent en amour :

S'agissait-il de divertir la dame,
A pleines mains il vous jetait l'argent,
Sachant très bien qu'en amour comme en guerre,
On ne doit plaindre un métal qui fait tout,
Renverse murs, jette portes par terre,

N'entreprend rien dont il ne vienne à bout,
Fait taire chiens, et, quand il veut, servantes,
Et, quand il veut, les rend plus éloquentes
Que Cicéron, et mieux persuadantes;
Bref, ne voudrait avoir laissé debout
Aucune place, et tant forte fût-elle.

Nous trouvons les mêmes idées dans le conte du *Pâté d'Anguille* :

Mots dorés sont tout en amour,
C'est une maxime constante,
Chacun sait quelle est mon entente,
J'ai rebattu cent et cent fois
Ceci dans cent et cent endroits :
Mais la chose est si nécessaire,
Que je ne puis jamais m'en taire,
Et redirai jusques au bout,
Mots dorés en amour sont tout :

Ils persuadent la donzelle ,
Son petit chien , sa demoiselle ,
Son époux quelquefois aussi.

Le bon Lafontaine était quelquefois méchant , d'autant plus peut-être qu'il disait la vérité. Quoi qu'il en soit , il insiste beaucoup sur cette pensée, et comme il le dit lui-même, y revient souvent.

Voici encore un autre passage de la *Coupe Enchantée*, où il vante les vertus fécondes en miracles des reliques du temple de Cupidon :

Et quelle affaire ne fait point
Ce bienheureux métal, l'argent , maître du monde ,
Soyez beau , bien disant , ayez perruque blonde ,
N'omettez un seul petit point ,

9.

Un financier viendra, qui sur votre moustache,
Enlèvera la belle, et dès le premier jour,
    Il fera présent du panache ;
Vous languirez encore après un an d'amour.

Ajouterais-je maintenant quelques réflexions pour prouver que tout se passe encore de la même manière ? Non, j'aime mieux ne rien dire qui soit de moi, puisque d'autres ont tout dit. Je finirai donc en traduisant Ovide, dont les paroles sembleraient écrites aujourd'hui tant elles ont d'à-propos.

Je n'exige point, dit-il, que d'abord vous fassiez de riches présens à celle que vous aimez. Donnez-en au contraire de modestes, mais que l'à-propos en fasse le mérite. Quand le printemps épanouit les roses, ou quand l'automne a mûri les fruits, qu'un

esclave lui apporte de votre part une cor-
beille pleine de ces dons champêtres, vous
pouvez dire, les eussiez-vous achetés sur
la voie sacrée, qu'ils viennent de vos
jardins. . . . .
Vous recommanderai-je aussi d'envoyer
parfois quelques vers tendres ? hélas! les
vers n'ont qu'un mince crédit ; on leur
donne des éloges : mais les présens plus
positifs sont accueillis avec une avide préfé-
rence. Un rustre plaira pourvu qu'il soit
riche. Le siècle où nous vivons est, en
effet, le siècle d'or : avec l'or, on obtient
les faveurs de l'amour. Fussiez-vous accom-
pagné des Muses, Homère, divin Homère,
si vous veniez les mains vides, vous seriez
congédié !

Dans un autre passage de l'*Art d'aimer*, il vante encore la puissance des présens dans toutes les circonstances difficiles et se résume ainsi :

« Les présens, croyez-moi, séduisent les hommes et les Dieux ; Jupiter lui-même est fléchi par les offrandes ; que ferait donc le sage, lorsque le fou connaît lui-même toute la valeur d'un présent ? Il n'est pas jusqu'au mari auquel un présent ne ferme la bouche. »

CHAPITRE V.

—

Billets-Rendez-Vous.

Billets-Rendez-Vous.

L'HOMME qui aime, qui est aimé, est toujours jaloux de voir sa bien-aimée lui accorder un de ces doux entretiens, où sa
voix retentit pour lui seul, où son sourire,
son regard, sa pensée sont tout à lui, rien
qu'à lui. C'est là le plus impatient de ses

désirs, c'est là ce qui fait écrire le billet-rendez-vous.

Je condamne d'abord au nom de l'amour délicat et pur ceux qui voudraient prétendre que la demande d'un rendez-vous peut se trouver dans un billet-déclaration. A moins de circonstances tout-à-fait exceptionnelles, celui-ci ne peut contenir tout au plus qu'un vœu exprimé comme un élan de l'ame, comme un soupir d'aspiration vers l'avenir.

C'est dans les billets-rendez-vous seulement qu'apparaissent les douces sollicitations, les ardentes prières qui se formulent de mille manières différentes.

Il faut apporter une grande attention, un tact exquis dans le choix des motifs que l'on fait valoir pour obtenir d'une femme ce gage suprême dé l'amour. Il faut apaiser les scrupules, ménager les susceptibilités, flatter le sentiment, inspirer le désir, la volonté de se rendre, mais jamais l'imposer comme un dévouement.

Trop de personnes oublient que, dans l'union des cœurs de l'homme et de la femme, les mises sont diverses. L'homme ne doit pas apporter les mêmes qualités, les mêmes besoins, si ce n'est le besoin du bonheur qui est au fond de toutes les pensées, de toutes les actions humaines. La femme est dans ce monde l'être faible, timide et souffrant. Dans son union avec l'homme, elle cherche appui et protection. Il ne faut donc pas intervertir les rôles et se présenter comme l'être souffrant

et à protéger, lorsqu'on doit se montrer au contraire l'être fort et protecteur.
Je sais que le rôle du dévouement plaît
beaucoup à l'amour-propre de la femme,
mais je sais aussi qu'elle est appelée trop
souvent à le jouer dans la société, surtout
en amour. Disons-le franchement, on en
abuse. Il faut sans doute savoir gré à la
femme de cette disposition noble et généreuse, il faut la flatter même par une re-
connaissance anticipée; mais il faut l'ac-
cepter le plus rarement possible. Gardez-
vous surtout, de demander du dévouement
lorsque vous devez vous adresser à des
sentimens plus délicieux. Je conseille donc
de n'employer le dévouement qu'en désespoir de cause.

De grands maîtres dans l'art d'aimer en-
seignent qu'il est bon d'avoir recours aux
supplications et aux larmes. La peinture des
douleurs, du désespoir auquel on est en proie
loin de l'objet de son amour, leur paraît
propre à faire vibrer les cordes de la douce
pitié si puissante dans le cœur de la femme.
Elle est compatissante, et consent volontiers à venir calmer les maux que son absence fait naître. La femme est l'ange con-
solateur de l'homme en ce monde. Tout
cela est vrai, et cependant je le dis avec
conviction : il faut encore user avec réserve
de ce moyen qui est trop souvent la res-
source de ceux auxquels un véritable et
profond amour ne suggère rien de mieux.
La douleur est de tous les sentimens celui

que l'homme exprime avec le plus de fa-
cilité et de complaisance, parce que sans
doute c'est celui qui lui est ici-bas plus
naturel, celui qu'il rencontre plus fréquemment dans le pénible voyage de la
vie. Il y a donc pauvreté de cœur, d'esprit
et d'imagination, je dirai presque il y a
indélicatesse à s'en servir dans un billet-
rendez-vous.

La femme, quelque bonne qu'elle puisse
être, n'aime pas entendre un son plaintif
murmurer à son oreille. L'accent de la
douleur a toujours quelque chose qui fait
mal, la première impression ne peut
qu'être pénible : et une femme bien-
aimée ne doit jamais recevoir de son
amant que des impressions de bonheur.

L'expression de sentimens nobles et
généreux, une exquise délicatesse, une
admirable entente de toutes les sensi-
bilités souvent excessives de la femme,
sont les sentimens les plus propres à lui
inspirer la confiance nécessaire pour
l'amener à un rendez-vous. Peignez-lui
avec chaleur le bonheur que vous éprouvez à être aimé, les douces jouissances
que vous apportent les témoignages les
plus inaperçus de son amour, les délices
que vous goûteriez par sa présence que
vous rêvez sans cesse, qui est pour vous
l'unique objet de vos désirs, parce que
désormais, la voir, l'entendre, l'aimer est
pour vous le seul bonheur.

Cette méthode me semble la meilleure,

la plus digne de l'homme. J'aime à croire aussi qu'elle est la plus puissante sur le cœur de la femme ; elle doit être plus flattée de ces images de félicité qu'on lui présente et qu'elle peut rendre vivantes par sa présence, que de ces douloureux tableaux de tourmens qu'elle doit venir effacer.

La question de savoir ce qui plaît le plus à la femme, de la puissance de calmer la douleur ou de la puissance de créer le bonheur, n'a pas encore été résolue par les philosophes et mériterait peut-être de fixer leurs méditations. Mais pour moi elle n'est pas douteuse, et je maintiens que dans un billet-rendez-vous, de riantes images d'espérance et de bonheur sont plus agréables à son cœur et bien plus puissantes que des peintures de tourmens trop exagérées.

Mais on ne parle pas seulement de ses tourmens, me dira-t-on, on ne les emploie que comme ombres au tableau, comme le laid s'emploie dans la littérature pour faire ressortir le beau. On a raison sans doute, quand on ne fait pas du laid le principal du tableau, auquel le beau ne sert plus que d'ombre, ce qu'on n'évite pas toujours, même en littérature. Le laid, la douleur, sont les faces horribles de l'universalité des êtres; il ne faut jamais reporter sur elles l'attention; il faut surtout les proscrire quand on veut faire naître des idées séduisantes dans le cœur d'une femme. La femme est rarement assez forte ou assez exaltée pour raisonner comme Horace et vouloir se réjouir en présence de la mort. L'honorable pourceau du troupeau d'Épicure ne fait lui-même intervenir la mort que lorsqu'il est enivré des fumées du festin.

D'ailleurs, pour en revenir à la rédaction du billet-rendez-vous, les inquiétudes qui se laissent toujours deviner à côté des élans vers le bonheur, l'absence même de ce bonheur vers lequel on ne fait qu'aspirer, suffisent pour représenter le laid , pour émouvoir la femme qui aime, pour lui inspirer, lorsqu'elle réfléchit, le sentiment de la compassion en lui faisant dire à elle-même : il souffre et ne veut pas me le dire.

Il serait bien malheureux si je le refusais. Et si je donne ce rendez-vous, le bonheur dont il me parle, il l'éprouvera tout entier.

Ainsi se trouve excité le sentiment de la compassion d'une manière peut-être plus efficace , en montrant à la femme le bonheur ou la douleur de la personne aimée , comme résultat immédiat de la résolution qu'elle doit prendre. Elle agit tout ensemble pour produire un bien et pour éviter un mal ; elle agit avec plus de noblesse que lorsqu'elle consent seulement à calmer la douleur. L'expérience nous prouve que si quelquefois la compassion nous porte à secourir les souffrances du malheureux , nous sommes peu empressés à faire son bonheur, peu empressés même à lui évi-

ter les maux qu'il serait en notre pouvoir
d'écarter de lui. Il en est quelquefois ainsi
même en amour.

Il vaut donc mieux laisser à la décision
de la femme tout ce qu'elle peut avoir d'af-
fectueuse générosité. On doit être plus flatté
de la voir confiante dans les sentimens qu'on
lui exprime, touchée de leur délicatesse,
empressée d'y répondre, que de la trouver
simplement bonne et compatissante.

La femme cède aussi quelquefois au désir
ardemment exprimé d'obtenir d'elle la
preuve d'un amour auquel on peut à peine
croire, duquel on a même le droit de
douter encore. Elle doit être heureuse,
dit-on, de tranquilliser l'ame inquiète de
son amant. Je le ferai remarquer néan-

moins, c'est encore un sentiment auquel
la femme peut céder en effet, mais auquel
l'amant ne doit pas s'adresser : c'est un
mauvais moyen de s'assurer le cœur d'une
femme que de l'étourdir de ses doutes et
de ses inquiétudes. C'est ici d'ailleurs le
cas de rappeler que souvent les grandes
preuves ne prouvent rien. L'aveu qu'ar-
rachent au cœur les tortures morales qu'on
lui fait subir, n'a pas plus de valeur à mes
yeux que l'aveu qu'on arrachait autrefois
aux coupables par les tortures du corps.
Le seul aveu d'amour qui mérite croyance,
la seule preuve que doive désirer un amant
est celle qui répond à de douces sollicitations, à de suaves désirs, qui sont eux-
mêmes bien plus propres à attester

l'amour, que toutes les angoisses du doute, tous les tourmens de l'inquiétude.

Tels sont, à mon avis, les principes qui doivent présider à la rédaction du billet doux , solliciteur d'un rendez-vous. Il demande, de la part de l'homme , une grande délicatesse, un grand tact de sentiment.

Pour la femme, un oui , un non, expressions naïves de l'état de son ame , font toute la réponse. Il est vrai qu'il lui est facile de répandre dans cette simple réponse , qui peut s'exprimer de mille manières diverses, toutes les graces de son esprit , tous les charmes de son imagination.

Mais elle ne répond pas toujours avec

tte précision ; elle a quelquefois recours
x exceptions dilatoires , dictées , ou par
s raisons puissantes que l'amant se voit
bligé de respecter avec une généreuse
signation , ou le plus souvent par de
armans scrupules, par de ravissantes
ppréhensions, qui lui donnent l'occasion
'exercer toute son éloquence et son ha-
ileté dans l'art de persuader et de plaire,
ar l'expression touchante des beaux sen-
mens qui honorent le cœur de l'homme.

CHAPITRE VI.

Billet-Béatitude.

Billet - Béatitude.

LORSQU'UNE fois deux ames ont épanché l'une dans l'autre les sentimens qui les animent, lorsqu'elles se sont comprises, lorsqu'elles se sont unies et confondues en un seul être nouveau formé par l'amour ; alors commence pour elles une vie nouvelle, une seule vie à deux, vie céleste sur la terre, qui, au milieu des ennuis, des chagrins, des ambitions et des douleurs de l'humanité, crée un monde isolé, un frais oasis où tout est délices et bonheur enivrant.

Ames privilégiées auxquelles il est donné de trouver cette vie si rare, veillez sur votre bonheur avec plus de soins et de sollicitudes que sur le trésor le plus précieux. Le bonheur est frêle et délicat : le plus léger souffle venant de l'une des quatre parties du monde suffirait pour le flétrir : murez-le contre l'aquilon furieux, mettez-le à l'abri des cruels autans ; que le vent du Midi ne puisse le toucher de son haleine embrasée. Si vous êtes prudens, préservez-le encore des vents qui soufflent des régions où naît le jour ; tout

souffle qui a passé sur le monde est un
souffle brûlant qui tarirait les sources
pures auxquelles vous vous enivrez, un
souffle imprégné de miasmes empestés
qui déposerait un germe de mort au sein
des plaisirs que vous goûtez.

Pour entretenir et conserver ce bonheur
vous avez beaucoup à faire ! mais ce n'est
pas là l'objet de mes recherches, ce n'est
pas là ce que je prétends vous enseigner,
je n'ai à m'occuper ici que du billet-béatitude, qu'il ne faut pas négliger quoiqu'il
ne soit pas le moyen le plus efficace ou
même le plus agréable pour atteindre le
but que vous vous proposez. Son intervention cependant n'est pas sans charmes, et
dans beaucoup de circonstances son em-

ploi est rendu nécessaire par l'impossibilité
où l'on se trouve d'épancher dans des
causeries plus intimes les sentimens et les
pensées qui jaillissent de l'ame.

Segnius irritant animos demissa per aurem
Quam quæ sunt oculis subjecta fidelibus.

Les ames sont moins agréablement
émues de ces entretiens écrits que de ces
conversations quelquefois animées, plus
souvent silencieuses et contemplatives,
qui règnent entre les ames qui s'aiment
d'un amour éminemment sympathique.

Au reste, le billet-béatitude, qu'il soit
une nécessité ou une jouissance, ou tous
les deux à la fois, est par le fait souvent
chargé de transmettre les émotions, les

pensées que les amans sont toujours empressés de se communiquer.

Quelle est donc la nature de ce billet ?
quels sont les élémens qui le constituent ?
quelles sont les lois qui le régissent ?

Prétendre analyser les formes sous lesquelles se traduisent les mille et une choses
graves ou légères, les mille et un riens
sublimes que se répètent les êtres aimans
dans l'effusion de leurs sentimens, serait
d'une audacieuse témérité et d'une insur-
montable difficulté. Il ne l'est pas moins
peut-être de vouloir analyser le contenu de
leurs billets, matière subtile, brillante, sérieuse, niaise, impondérable, invisible, qui
échapperait à l'observation du chimiste le
plus expérimenté, et qui, si elle est quelque

chose, est bien certainement une substance simple jusqu'à présent inconnue dans la science.

Aimer et se le dire, se le faire comprendre de toutes manières, voilà l'objet unique des soins et des occupations des amans heureux, voilà la vocation du billet-béatitude.

Pour atteindre ce but de manière à éviter toujours l'ennui, la satiété, le dégoût, l'amour seul ne saurait suffire, et l'intervention de l'esprit est parfois utile sinon même nécessaire.

Faire intervenir l'esprit en amour! mais c'est une anomalie, me dira-t-on. Lorsque le cœur parle, l'esprit doit se taire. Ceci n'est pas vrai du tout. La personne qui

aime bien, n'aime pas seulement avec son
cœur ; elle aime avec toutes ses facultés et
par conséquent aussi avec son esprit. Oh !
l'esprit, voyez-vous, joue un grand rôle
même dans l'amour. Il ne faut pas le mettre
à la place du sentiment, mais il faut le lui
donner pour ami intime.

Son intervention n'est sans doute pas
toujours à désirer ; aussi ne l'avons-nous
pas invoqué dans les billets doux, déclaration et rendez-vous que nous avons toujours supposés dictés par le sentiment. C'est
avec raison, je le crois, parce que c'est
véritablement alors que le cœur seul doit
parler. Mais il n'en est pas ainsi du billet-
béatitude, qui étant destiné à se reproduire
pendant toute la durée de l'amour, doit se

ressentir des impressions que produit nécessairement chez l'homme la succession des jours et des événemens dont l'enchaînement forme la vie.

Je comprends l'amour et le billet doux non pas tels qu'ils sont pour certaines personnes, mais tels qu'ils doivent être pour les ames d'élite.

Nul doute que ce ne soit encore le cœur qui doive animer le billet-béatitude ; mais on fera bien, pour l'embellir, d'appeler à son secours les graces de l'esprit, le charme de l'imagination ; c'est ainsi qu'on donnera à son langage tout ce qui peut le rendre aimable et doux.

Sans le secours de ces puissances auxiliaires, je doute qu'il soit possible aux

amans de préserver leur bonheur des at-
teintes de ce temps maudit qui vole sans
jamais s'arrêter, et du bout de ses ailes
mine et détruit toutes choses humaines.
Avec eux, du moins, ils seront plus forts
pour résister, ils pourront même combattre
avec quelque chance de succès cette influence délétère.

Ovide l'avait dit avant moi : « Si vous
» voulez avoir un amour durable, loin de
» vous les coupables artifices; mais soyez
» aimable. Aux avantages du corps, joignez
» les agrémens de l'esprit... Un jour, beau
» jeune homme, votre chevelure blanchira
» et les rides viendront défigurer vos traits.
» Formez-vous donc de bonne heure un
» esprit solide, et faites-en l'auxiliaire de

12

» la beauté ; c'est le seul compagnon qui
» vous reste fidèle jusqu'au tombeau. Ap-
» pliquez-vous à l'enrichir de connaissances
» littéraires, et étudiez les deux langues.
» Ulysse n'était pas beau, mais il était
» éloquent, et les divinités des mers ont
» brûlé d'amour pour lui. »

Du sentiment, de l'esprit, de l'imagination, voilà la trinité merveilleuse qui doit
présider à la rédaction de tout billet-béatitude. Le sentiment sera l'ame de ce billet
qui procède de l'amour comme tous les
autres. L'esprit vient l'éclairer, l'embellir
de ses graces et de ses saillies, l'animer
d'une pétillante vivacité. L'imagination
vient à son tour répandre sur le tout son
coloris divin. Tous trois se réunissent pour

lui donner cette douce et saisissante gaîté qui pénètre l'ame, la réjouit et l'entretient dans un état de ravissante béatitude.

La gaîté doit être chère aux amans; c'est elle qui chasse la monotonie perfide qu'il faut éviter à tout prix. Tant que l'amour est ardent, enthousiaste, aveugle, la monotonie n'existe pas, parce que la monotonie c'est le bonheur, c'est l'ivresse continuelle. Mais cette exaltation de l'amour, hélas! il faut bien le reconnaître, finit par se calmer, et alors malheur! mille fois malheur! car on se trouve en présence du plus grand danger.

Si vous vous laissez endormir par la monotonie, elle commence par amoindrir la félicité de chaque jour, et finit nécessairement par engendrer l'ennui, terrible destructeur de l'amour. Armez-vous donc contre cet ennemi redoutable, opposez-lui l'esprit et la gaîté, ce sont ses adversaires les plus puissans. L'ennui veille à côté de la tristesse et de la sottise; il fuit à tire-d'aile les lieux où règnent l'esprit et la gaîté.

L'ennui n'est qu'un fantôme produit par les molles et lâches inquiétudes d'une imagination faible ou maladive. Si l'on n'a pas assez d'énergie pour le combattre au premier instant de son apparition, il grandit, il se gonfle, il devient gigantesque, immense, et nous étouffe en pesant sur nous de tout son poids. L'homme fort, l'homme d'esprit ne connaissent point ce monstre, fils de l'oisiveté et de la nonchalance.

Répandez donc de l'esprit dans vos cor-
respondances amoureuses, qu'il ne remplace point le sentiment, mais qu'il marche
de concert avec lui, que la personne qui
vous aime ne puisse jamais trouver à un
autre un esprit plus aimable, une gaîté
plus communicative qu'à vous-même.

Ce sera déjà un tort à ses yeux que d'être
trouvé inférieur à quelqu'autre par l'une
de ses qualités. Elle ne demande peut-être
pas que vous soyez le premier homme du
monde, mais il faut cependant qu'à ses
yeux, vous ne le cédiez à aucun pour les
charmes de l'intimité.

Dirai-je maintenant quelles doivent être
les pensées ordinaires du billet-béatitude?
Ne me le suis-je pas interdit d'avance en

12.

qualifiant cette prétention d'audacieuse témérité. Aussi, n'ai-je point la présomption
de faire connaître toute la vérité, mais
mon devoir de physiologiste m'ordonne de
ne rien cacher de ce que je puis savoir.

Le souvenir du passé, la contemplation
du présent, le rêve de l'avenir, occupent
tour-à-tour les amans. Lorsque deux ames
sympathiques se rencontrent et s'unissent,
elles s'apportent l'une à l'autre non-seulement toute une vie future, mais encore
tout un passé.

Les jours qui ne sont plus, toute la vie
déjà écoulée, se colorent de teintes nouvelles, apparaissent sous un nouvel aspect;
tous les événemens, toutes les pensées,
tous les désirs se coordonnent dans un

ordre harmonieux. On contemple avec ra-
vissement ce travail mystérieux qui se révèle
enfin et qui préparait tout pour l'amour actuel. Avec quel bonheur on s'initie mutuellement à tous ces secrets merveilleux qu'il-
luminent les clartés de l'amour.

Avec quel bonheur bien plus grand encore on revient sans cesse à ces heures, à
ces jours fortunés qui virent naître et grandir l'amour lui-même. C'est une source inépuisable de délicieuses réflexions, de souvenirs charmans; que dis-je souvenir, tout
est présent, tout est vivant dans la pensée,
on entend ce mot, on comprend ce geste,
ce regard, on entend ce soupir dont l'ame
reste encore émue.

On trouve dans la *Nouvelle Héloïse* des

modèles parfaits de ce genre de billet-béatitude. Voici, entr'autres, un fragment d'une
lettre de Saint-Preux à sa Julie : « Te sou-
vient-il de cette heure entière que nous
passâmes à parler paisiblement de notre
amour et de cet avenir obscur et redoutable, par qui le présent nous était encore
plus sensible... J'étais tranquille, et pourtant j'étais près de toi ; je t'adorais et ne
désirais rien ; je n'imaginais pas même une
autre félicité que de sentir ainsi ton visage
auprès du mien , ta respiration sur ma
joue et ton bras autour de mon cou. Quel
calme dans tous mes sens ! Quelle volupté
pure, continue, universelle ! Le charme
de la jouissance était dans l'ame , il n'en
sortait plus, il durait toujours. »

Le passé occupe donc une grande place dans le billet-béatitude ; la contemplation du présent y réclame aussi la sienne. La contemplation, ce mot dit tout, c'est l'extase d'une ame qui voit, qui sent le bonheur d'aimer, d'être aimé et qui s'efforce de le traduire en paroles. Citons, pour nous faire comprendre, ce fragment d'une autre lettre de Saint-Preux à son amante : « Je t'adore bien de toutes les facultés de mon ame, mais la tienne est plus aimante, l'amour l'a plus profondément pénétrée ; on le voit, on le sent ; c'est lui qui anime tes graces, qui règne dans tes discours, qui donne à tes yeux cette douceur pénétrante, à ta voix ces accens si touchans ; c'est lui qui par ta seule présence communique aux cœurs, sans qu'ils s'en aperçoivent, les tendres émotions du tien...... Tous mes emportemens ne valent pas ta délicieuse langueur, et le sentiment dont ton cœur se nourrit est la seule félicité suprême ; j'ai des transports et toi de la passion. Ce n'est que d'hier seulement que j'ai goûté cette volupté si pure. Tu m'as laissé quelque chose de ce charme inconcevable qui est en toi, et je crois qu'avec ta douce haleine, tu m'inspirais une ame nouvelle. »

Voilà le modèle, aimez et imitez.

L'avenir enfin trouve aussi sa place dans le billet-béatitude ; c'est une source inépuisable de gracieuses descriptions, de voluptueuses rêveries. C'est là que les amans aiment à se transporter dans mille situations diverses, suivant les caprices des désirs, la variété des goûts et du caractère de chacun.

Les uns s'élancent dans les champs où se moissonne la gloire, et veulent pour jouir de l'amour l'ombre des lauriers; les autres s'égarent sur les montagnes, se désaltèrent à l'eau du torrent et vont se reposer sur la cime du rocher sauvage; d'autres aussi recherchent le silence des grands bois. Ceux-ci rêvent les agitations du pouvoir, les enivremens de la fortune; ceux-là ne songent qu'au repos de la chaumière.

On se voit, suivant les dispositions de l'ame, les impressions du moment, dans les situations les plus opposées : tantôt,

sur un vaisseau superbe, on affronte les flots
tumultueux et l'on mêle des accens d'amour
aux éclats de la grande voix des tempêtes ;
tantôt, sur une nacelle à la voile blanche,
on se balance sur la vague azurée qu'agite
à peine le souffle du zéphyr.

On parcourt ainsi toutes les situations
de la vie ; et toujours l'amour les colore
de ses charmes. Il n'est pas jusqu'à la
mort qu'on ne veuille affronter ensemble
dans sa pensée, et l'on presse d'une main
défaillante la main défaillante aussi d'une
amante éplorée.

C'est ainsi que tout pour ceux qui aiment
vient alimenter l'amour.

J'ai appliqué particulièrement ce que je
viens de dire au billet écrit par l'homme,

cependant il n'y a aucune distinction réelle à faire entre son billet-béatitude et celui de la femme. Les mêmes pensées, les mêmes formes doivent se retrouver dans tous les deux; le caractère propre à chacun doit seul les modifier. L'homme doit continuer à se montrer ce qu'il doit être, bien-aimant, protecteur, fort et dévoué, cherchant tous les moyens d'embellir la vie de son amante, habile à deviner et prévenir ses désirs pour les satisfaire, plein de confiance dans sa tendresse et dans son affectueux dévouement.

La femme de son côté doit se montrer forte, heureuse et fière de l'amour qui la protége, l'ennoblit à ses yeux. Elle doit s'efforcer d'être toujours gracieuse et aimable, attentive surtout à écarter de celui qu'elle aime toutes les petites contrariétés, tous les chagrins qui hérissent la vie de l'homme.

C'est ici que la femme se montre supérieure à l'homme par les ressources de son imagination vive et brillante, par la délicatesse, la suavité de tous ses sentimens, par la poésie de son esprit, qui embellissent les choses les plus ordinaires de la vie, donnent du charme à ces riens qui pour d'autres passent inaperçus ou forment ce qu'on appelle la prose ennuyeuse, endorment les douleurs, dissipent les ennuis, calment les inquiétudes naissantes et répandent un prestige éblouissant sur toutes les actions de la vie.

CHAPITRE VII.

—

Billets-Élégiaques.

Billets-Élégiaques.

Le ciel de l'amour n'est pas toujours bleu. Heureux lorsque , semblable au ciel d'azur des climats poétiques du Midi, il n'est obscurci que par quelques nuages rapides que dissipe le premier rayon de soleil! L'apparition de ces nuages, quelque légers qu'ils soient, signale les phases critiques de l'amour et donne naissance à des billets doux encore, mais différens par leur nature de ceux que nous venons d'étudier.

J'avais pensé pouvoir réunir sous la dénomination de billets-élégiaques plusieurs groupes ou variétés de billets, dans lesquels se peignent tour-à-tour et s'unissent la joie et la tristesse des amans. Ces billets, en effet, ne se différencient entr'eux que par les circonstances spéciales dans lesquelles ils apparaissent, et les motifs particuliers qui les inspirent ; ils me semblaient d'ailleurs réunir tous, dans la vie réelle, les caractères propres à l'élégie.

L'élégie, on le sait, n'est pas toujours
en longs habits de deuil, elle peint également la joie et la tristesse, elle sait même
prendre tous les tons, peindre tous les sentimens : elle pleure et rit, s'irrite et s'ap-
paise en même temps ; elle est à son gré
tendre ou badine, grave ou légère, cares-
sante ou plaintive, tranquille ou passion-
née. Toutes ces raisons, en apparence
favorables à mon idée, m'ont cependant
décidé à repousser la dénomination de
billets-élégiaques, comme trop vague et
trop générale. Elle ne convenait pas seulement aux billets dont j'ai à parler, mais
encore à ceux qui viennent d'être analy-
sés; elle pouvait même convenir au billet-
béatitude, non-seulement parce qu'il peint

la joie et le bonheur, mais encore parce
que le bonheur pur et sans mélange
n'existe pas même dans le ciel des amans.
Il y a toujours un germe de tristesse, je
ne sais quoi d'amer qui se sent au sein
même des plus enivrantes jouissances.
Cette pensée se trouve ingénieusement
exprimée, dans un petit poème oriental
sur les amours du rossignol et de la rose.
Le rossignol, amoureux de la plus belle
des fleurs, a longtemps gémi et soupiré
loin de celle qu'il aime, mais à ce moment
suprême où il tient dans son bec sa rose
bien-aimée, il gémit et soupire encore,
parce que, dit-il, son amante le fait souf-
frir par ses agaçantes caresses.

Ces considérations m'ont déterminé à

laisser sous leur nom spécial chacun des groupes que je voulais réunir, et à ne parler ici que du billet-d'absence qui me paraît réunir plus particulièrement tous les caractères de l'élégie. Il forme d'ailleurs à lui seul une famille très nombreuse, dont les individus peuvent se ranger en plusieurs classes qui offrent des nuances et des traits tout-à-fait tranchés.

La séparation est une des grandes phases critiques de l'amour, aussi est-elle, comme les orages, précédée des signes avant-coureurs d'une violente secousse. L'annonce d'un départ est comme l'éclair qui signale la foudre : devant elle, l'ame s'émeut, les yeux se ferment, tout le corps tremble en

attendant le coup qui va suivre. Si vous
avez jamais assisté avec intérêt aux prépa-
ratifs de départ d'une personne qui va
quitter ce qu'elle a de plus cher au monde,
vous avez dû sentir quelque chose de si-
nistre et de douloureux, quelque chose de
semblable à ce saisissement plein d'épouvante qu'on éprouve en présence des
grandes crises qui décident de la vie ou
de la mort.

C'est qu'en effet la séparation est pour
les amans une crise souvent fatale : elle
est toujours une dangereuse épreuve.

Heureuses les ames qui se sont formé
des liens d'amour vraiment sympathiques!
Elles resteront unies malgré la distance
qui les séparera ; leurs chaînes se tendront

sans se rompre, et ainsi éprouvées, elles deviendront plus fortes et plus durables le jour où elles se resserreront. Pour ces ames, l'éloignement momentané, l'absence n'aura pas été une séparation. Mais il n'en sera pas ainsi pour celles qui se sont aimées sans former ces liens qui confondent les ames en les unissant. Pour elles, il n'y avait que rapprochement, juxtaposition, l'absence les séparera trop réellement, elles les désunira, et au retour, s'il y a réunion nouvelle, elle sera rarement aussi intime.

En changeant le point de contemplation des amans, en les isolant l'un de l'autre et les forçant de se voir à distance, l'éloi-gnement impose en quelque sorte aux amans la nécessité de mieux s'étudier, de mieux se connaître ; on cesse d'être sous le joug de l'habitude, on échappe à la fascination du regard , à la séduction de la voix, et l'on s'apprécie mutuellement avec plus de calme et de raison. C'est ce pressentiment, sans doute , qui fait qu'au moment d'une séparation , il est impossible de ne pas être saisi d'un mouvement d'inquiétude et de crainte sur l'existence même de son amour. On se demande malgré soi s'il est assez fort pour résister à tout ce qui le menace. Si la séparation allait être éternelle ! C'est à peine si on se défend de cette terrible pensée.

Ces appréhensions deviendront plus vives encore après le départ, et c'est avec une cruelle anxiété qu'on sondera son

propre cœur d'abord, pour rassurer son
amour, pour s'inspirer du courage. Ensuite
on étudiera surtout le cœur de son amant,
on rappellera pour les comparer tout ce
qui peut faire croire à son amour, tout ce
qui peut en faire douter. C'est avec cet
esprit qu'on passera tout le passé en revue,
qu'on analysera les plus petits souvenirs,
qu'on interprétera ce qui paraît obscur.
C'est avec cet esprit aussi qu'on suivra tous
les mouvemens, toutes les pensées ac-
tuelles, qu'on analysera tous les billets doux.
On se demandera si son amant exprime
assez de douleur pour son absence, si l'on
tient assez de place dans sa pensée, si le
retour n'est pas son unique préoccupation.
On s'inquiétera presque qu'il puisse vivre...

Mais n'anticipons pas, nous sommes au moment du départ, moment affreux où le cœur se sent défaillir, où les ames se déchirent en s'écartant... La douleur est des plus violentes !

Lorsque la séparation est accomplie, il en est de cette douleur comme de toutes les douleurs du monde, le temps, le contact de toutes les choses humaines émoussent ses pointes, lui enlèvent chaque jour un aiguillon. Elle ne tarde pas à se transformer en tristesse, puis en mélancolie, qui elle-même se dissipera aux splendeurs lointaines des joies et des émotions anticipées du retour.

Ces différentes impressions du cœur des amans, au moment de la séparation et

dans ses différentes périodes, doivent naturellement donner aux billets doux qui en
sont la manifestation des formes et des
caractères différens. Les premiers ne peuvent être qu'un cri de douleur et d'angoisse
échappé du cœur tout saignant de sa blessure. C'est plus qu'une élégie en pleurs,
c'est une déchirante lamentation, une im-
précation contre le ciel et la terre. Une
seule chose étonne et console peut-être,
c'est qu'on ne soit pas mort en se quittant.
Cette pensée mène directement à une autre,
c'est que puisque l'on n'est pas mort on
doit vivre pour se retrouver.

Alors on accepte l'absence comme un
mal qu'il faut combattre, et l'on souffre
déjà moins. L'affliction succède à la dou-

leur ; les soupirs remplacent les larmes ; les billets deviennent vraiment élégiaques. Ils parlent du passé avec une douloureuse émotion ; ils ne parlent du présent qu'avec amertume ; ils commencent à rêver de l'avenir qu'ils n'osent pourtant fixer. Ils conservent encore l'air sombre de la passion égarée, ils négligent les charmes de la parure, leurs mouvemens sont inégaux et fréquemment interrompus.

Lorsque l'affliction aura fait place à la tristesse mélancolique, les billets-élégiaques deviendront plus tendres. Pour émouvoir, ils appelleront l'art à leur secours. Leur langage sera plus paré, plus élégant. Leur intention aussi deviendra plus marquée. La plainte, le gémissement, le désordre

même auront un but, une destination. Ils
devront prouver l'étendue de l'amour, inspirer confiance dans son passé, dans son
présent, et surtout dans son avenir. Là est
la pensée dominante de ces billets. Ce qui
doit les caractériser, c'est le talent de parler
de tout, et pourtant de ne parler que d'a-
mour. Il faut que tous les faits, tous les accidens, toutes les sensations du voyage ou
de la vie présente, viennent tout-à-tour
faire ressortir cet amour. Il faut que tous
se groupent et s'harmonisent pour le mettre
en lumière, lui faire un piédestal.

L'amant, pendant qu'il voyage, ne doit
voir et sentir qu'avec ce sentiment incomplet de l'être privé d'une moitié de ses
facultés, incapable par conséquent d'é-

14.

prouver une sensation parfaite. Il faut que partout l'image adorée l'accompagne et vienne se placer entre lui et ce qui l'environne comme un bouclier destiné à repousser tous les traits, toutes les impressions qui pourraient aller au cœur ; ce qu'il doit sentir, il faut qu'il l'exprime dans les billets.

L'amant qui est resté doit, de son côté, se drapper dans ses regrets pour ne vivre que de souvenirs. Il ne verra plus qu'à travers un voile de tristesse les objets dont il est environné ; tous sembleront regretter avec lui l'ami absent, tous auront un soupir pour répondre à ses soupirs. Il ne reconnaîtra plus les beautés qu'il admirait la veille, il ne pourra trouver aucun charme aux occupations qu'il aimait tant. Sa vie deviendrait chaque jour plus pâle et décolorée. L'amour est le véritable soleil du monde des amans, et lorsqu'il ne brille plus sur leur ciel, lorsqu'il s'éloigne même un seul instant, les ténèbres l'envahissent aussitôt.

Tout pleure donc autour de l'amant qui est resté seul, tout est en deuil! et lui, hélas! il ne voit plus où il est, son ame est ailleurs! L'amour vivant qui animait tout, illuminait tout par sa présence, s'est éloigné, il a emporté le bonheur et ne laisse après lui que noir silence et désolation. Voilà ce que les billets doivent bien faire comprendre.

Mais il ne faut pas voir dans ces billets un

vain jeu de l'esprit, et s'ingénier à exprimer sur des tons faux, des sentimens que l'on n'éprouve pas réellement; il faut au contraire leur donner la touchante simplicité de la nature et s'en servir avec une sage perspicacité pour conjurer les dangers que tout le monde peut connaître, mais qu'on apprécie rarement avec vérité.

La personne qui part, égare parfois son amour sur les grands chemins, le long des eaux, au fond des bois qu'elle parcourt, elle l'accroche aux épines des roses qu'elle rencontre sur son passage, elle l'use au contact de mille impressions diverses, et à son retour ne rapporte qu'un cœur vide. De ce côté-là cependant n'est pas le plus grand danger; c'est du côté de

l'amant qui reste et qui oublie plus souvent de garder son amour.

Dans un voyage il y a des distractions
forcées, des impressions nécessaires, mais
rapides, fugitives, sans cesse renouve-
lées ; on accepte, on subit tout, mais
sans rien rechercher, sans s'attacher à
rien ; la distraction est involontaire, le
cœur est légèrement effleuré, mais très
rarement pénétré par une véritable et
forte impression. L'amour reste pur au
fond de l'ame, où il s'est retiré pour souf-
frir, espérer, et au jour du retour, repa-
raître plus vif et plus énergique. C'est un
ressort un instant comprimé qui se redresse
avec toute son élasticité première. L'amant
revient donc comme il était parti ; il veut

reprendre les mêmes habitudes, les mêmes chaînes. Les retrouvera-t-il ?

Quand on reste seul dans les lieux qui n'avaient de charmes que par la présence de l'être aimé, on est exposé à se lasser de sa solitude et de ses regrets, on finit trop souvent par épuiser les larmes et les soupirs, et l'on recherche des distractions. On accepte au moins les consolations d'un ami. Tout cela est d'abord fort insignifiant, mais on s'y habitue, on ne tarde pas à y prendre goût; on apprend chaque jour à se passer de la présence du bien-aimé, on désire moins son retour, et lorsqu'il reviendra, il ne sera plus aussi nécessaire au bonheur, on n'aura plus la même place à lui donner dans son ame.

Ces quelques mots suffisent pour expliquer ma pensée, et je puis dire aux amans avec la certitude d'être compris : si vous voulez conserver votre amour pendant la séparation, ne cessez pas de vivre dans l'attente de la réunion, acceptez les distractions forcées, ne les recherchez jamais. Craignez les amitiés, les amitiés nouvelles surtout; confiez-vous au temps pour calmer votre douleur, faire naître l'espérance et ramener les beaux jours. Que vos billets indiquent clairement toutes ces révolutions naturelles du sentiment.

Croyez-moi, les larmes s'enfuient avec les jours de l'absence. Si les soupirs sont intarissables, ils deviendront plus légers, ils pourront même avoir quelque charme.

Vos billets resteront donc plaintifs, mais ils deviendront plus tendres, ils gémiront encore, mais plus doucement. Leur allure s'animera peu-à-peu jusqu'à la vivacité. Bientôt l'espérance des joies du retour leur donnera d'admirables reflets. Ils dépouilleront ainsi un à un les vêtemens de deuil qu'ils avaient pris, ils reprendront les parures des fêtes. Ils auront des élans pleins d'émotion, et l'un d'eux enfin poussera un cri d'allégresse sublime, en disant : je suis le dernier de ma race !

CHAPITRE VIII.

—

Billets-Vapeurs.

Billets-Vapeurs.

LES vapeurs sont la maladie des hommes
faibles ou énervés, qui ont émoussé toutes
les sensations, épuisé les sources du sentiment. Cette maladie est inconnue aux
cœurs énergiques et passionnés. Elle ne
vient jamais troubler les joies de ces amans,

qui connaissent les divins égaremens de la raison, plus brillans, plus sublimes, mille fois meilleurs que la raison. Elle ne peut rien non plus sur ceux qui ont établi entre leurs deux ames, non-seulement cette communication de sentimens et de pensées qui fait que ces deux ames se trouvent toujours en harmonie et à l'unisson, mais encore une communication des qualités naturelles, un échange des dispositions de caractères qui se modifient naturellement et se complètent l'un par l'autre.

Si les vapeurs ne sont point la maladie de ceux qui aiment véritablement, elles sont en revanche la maladie ordinaire de toutes les petites ames qui n'ont qu'une sensibilité de commande; elles sont aussi la ma-

ladie à la mode chez ces petits êtres qui
n'ont en apparence rien à désirer dans ce
monde, et qui pour la foule sont ce qu'on
appelle les gens heureux. Ils peuvent mériter ce nom en effet, et cependant une
imagination malade, l'oisiveté, un cœur
sans excitation, leur causent un malaise
indéfinissable, un ennui du bien-être
qui n'est autre que la maladie dont nous
parlons.

Elle n'a cependant pas toujours de cause
aussi réelle. Elle n'est souvent que la prétention de la vanité qui veut se rendre in-
téressante, et d'une ridicule ambition qui
veut cumuler les jouissances du bonheur et
les bénéfices de la souffrance. On trouve
les félicitations plus piquantes, lorsqu'elles

sont entremêlées de complimens de condo-
léance. Il semble que quand on souffre un
peu, on respire autour de soi un air plus
sympathique.

Quoi qu'il en soit, les vapeurs sont toujours funestes en amour et engendrent cette
famille de billets doux à laquelle j'ai dû
donner leur nom parce qu'ils en sont le reflet.

Lorsque les billets-vapeurs sont vraiment
inspirés par cet ennui du bien-être qui
fait extravaguer la sensibilité, ils sont
humectés de larmes légères versées sans
raison, ils parlent de vagues pressen-
timens, de vives frayeurs. Ils soupirent, ils
rêvent, les idées s'y succèdent sans se
lier, les reproches sans raison se trouvent
unis aux plus douces expressions d'amour.

C'est l'assemblage le plus incohérent des petits nuages entremêlés de rayons lumineux qui peuvent passer sur le cœur. Ces billets, produits incolores d'une humeur inégale et capricieuse, ressemblent à la fumée de tabac qui dessine en s'évanouissant dans l'espace mille formes bizarres.

Ces billets cependant peuvent avoir un caractère plus sérieux ; quelqu'un a dit, et avec raison, que l'ame heureuse n'est pas la seule que tourmentent les vapeurs. L'ame peu satisfaite du présent, inquiète de l'avenir est encore autant et plus que l'ame heureuse tourmentée par elles. Souriant avec calme au présent, mais ne voyant rien qui puisse l'attacher fortement, son regard se porte sans cesse vers un lointain obscur.

Là, les objets ne se montrent à son regard
que confusément, et dans l'impossibilité où
elle est de les distinguer clairement, la vue
se trouble à vouloir les fixer ; elle ne voit
bientôt plus que des fantômes qui voltigent
au loin ; elle les poursuit avec ardeur, et,
lorsque brûlante, elle s'arrête sans avoir
pu les saisir, elle frissonne d'être ainsi
seule, isolée, et de la pensée de son iso-
lement naissent ces images de tristesse va-
poreuse que le premier rayon de bonheur
dissipera bientôt, mais qui reparaîtront
bientôt encore.

Les billets doux qui sont écrits sous l'influence de cette fâcheuse disposition de
l'ame, ont assez ordinairement quelque
chose de poli et d'élégant ; mais ils man-

quent toujours de chaleur et d'émotion. Ils
ne parlent d'amour et de bonheur qu'avec
une réserve où perce le doute. La gaîté ne
s'y montre jamais franche et expansive. La
passion n'y est jamais confiante et fière.
Les expressions sont recherchées, mais
froides et contenues. La pensée ne s'ap-
pesantit sur rien et paraît apercevoir au
fond de toutes choses un germe de secrète
amertume. Loin de contempler le présent
avec cette joie du cœur qui sent sa félicité
et s'y repose avec délices, on en détourne
les yeux. Le prisme de l'imagination ne
vient rien embellir, rien, pas même l'a-
venir vers lequel l'ame s'élance plus volontiers, mais dans lequel elle s'égare et d'où
elle revient plus inquiète et plus fatiguée.

Lorsque les vapeurs ont un caractère encore plus sérieux, elles dégénèrent en spleen. Il n'est personne qui n'ait rencontré dans le monde quelques-unes de ces ames que le spleen dévore; affaissées sur elles-mêmes, découragées, engourdies, elles sont dégoûtées de tout, même de l'amour; elles s'ennuient de tout et ennuient tout le monde. Les billets dans lesquels se réfléchira cet état d'épuisement complet ne mériteront pas le nom de billets doux. Si parfois ces ames, faisant un effort sur elles-mêmes, s'excitent à l'amour qu'elles ne sauraient plus éprouver, leurs billets ne seront qu'une œuvre d'art, qui empruntera les caractères du sentiment auquel ils voudraient faire croire, et qui sor-

tiront par cela même de la famille des billets-
vapeurs. Il est donc inutile d'en parler.

Avant de terminer ce chapitre, je crois
utile de signaler une autre classe de billets
qu'on peut quelquefois confondre avec les
billets-vapeurs, bien qu'ils révèlent une
maladie de l'ame toute différente et beaucoup plus grave, l'indifférence.

L'indifférence est cette grande maladie
du siècle contre laquelle se sont élevées
tant de voix éloquentes, et qui s'étend
chaque jour comme un vaste linceuil dans
lequel s'ensevelira le cœur de l'humanité.
Elle étouffe au fond des ames toutes les
passions ardentes, nobles et généreuses,
elle éteint tous les feux qui brillent et s'é-
chappent en rayons de poésie ou d'amour ;

elle ne laisse vivre que les passions égoïstes et cupides.

C'est l'ennemie la plus acharnée, la plus irréconciliable de l'amour. Elle s'insinue insensiblement au fond de l'ame et est d'autant plus dangereuse, qu'elle se cache avec plus de soin. Le cœur ne l'avoue jamais, mais elle se trahit malgré lui dans toutes les actions et les paroles. Les prétendus billets doux qu'on écrit en sa présence, ne sont trompeurs que pour les imprudens qui ne veulent pas y faire attention. Ce sont de véritables serpens recouverts de fleurs prétentieuses, mais sans parfum et sans beauté.

L'indifférent ne sait jamais apprécier les choses de l'amour à leur juste valeur. Il

ne parle de rien avec mesure ; sa joie ou
sa tristesse se manifestent hors de saison ;
il se passionne quand il devrait rester froid,
reste froid quand il faudrait se passionner.
Il se plaint quand il faudrait se réjouir, se
réjouit quand il faudrait se plaindre ; en un
mot, plaisir, douleur, louanges, blâme,
admiration, amour, il exprime tout à
contre sens. Joignez à cela qu'il manque
de naturel dans l'expression de tous ses
sentimens d'emprunt.

S'il est assez intelligent et observateur
pour éviter ces défauts, il tombera dans un
autre. Il écrira des billets pleins de pensées
brillantes artistement enchevretées, mais
il aura trop d'esprit pour les nuancer du
moindre petit sentiment, et l'on verra tou-

16

jours son ame froide et glacée sous le voile hypocrite dont il veut la parer.

On pense bien que je n'ai aucun précepte à donner sur l'art de rédiger les différens billets que nous venons de passer en revue; je ne les ai signalés que pour mettre en garde contre eux; il faut les craindre et ne jamais les enfanter. Malheur à celui qui les reçoit ou les écrit, car ils sont les signes certains d'un amour décoloré, ou les signes prophétiques d'un amour qui s'éteint.

CHAPITRE IX.

—

Billets-Jaloux.

Billets-Jaloux.

Pour vivre, l'amour a besoin de confiance ; c'est la confiance qui donne cette foi
dans l'avenir, cette sécurité sans lesquelles
on chercherait en vain à goûter les jouissances du présent.

La jalousie détruit cette confiance, elle
fait naître les craintes, les soupçons imaginaires, elle fait inventer les tortures pour

16.

fouiller jusqu'aux replis les plus secrets du cœur : cette jalousie est funeste à celui qui l'éprouve comme à celui qu'elle poursuit.

Quelques personnes cependant ont pensé que la jalousie est inséparable du véritable amour. Si l'on veut parler de ce sentiment de l'ame qui nous porte à désirer un amour exclusif, à être aimé seul et sans partage, je le croirai volontiers; mais s'il s'agit de la jalousie inquiète, fougueuse, violente même, je le nie complètement. Elle pourra peut-être, au premier moment, donner à l'amour de l'enthousiasme, du délire, je ne sais quoi de fébrile et brûlant, mais, par cela même elle lui nuira; l'exaltation et la fièvre fatiguent et épuisent, aussi sont-elles fort heureusement très passagères.

Je me trompe peut-être ; mais, il me semble qu'aujourd'hui peu de femmes goûteraient la consolation des paroles qu'une courtisane grecque adressait autrefois à sa jeune amie Chrysis : « Celui qui n'est pas jaloux, emporté, lui disait-elle; celui qui n'a pas frappé l'objet de sa tendresse , déchiré ses habits ou arraché ses vêtemens, n'aime pas encore véritablement..... c'est la seule marque de l'excès de l'amour ; l'emportement caractérise la passion. Vas, tout le reste, les baisers, les larmes, les sermens, les visites fréquentes, ne sont que les premiers symptômes d'un amour qui naît et se développe; la jalousie annonce tous les feux : vas, si Gorgiat te frappe, il est jaloux , et je t'en félicite ; conçois les plus grandes espérances, souhaite d'éprouver toujours le même traitement. » Voilà comment les femmes des beaux jours de la Grèce comprenaient l'amour ; le dernier trait me paraît surtout caractéristique. Cette doctrine serait mal accueillie des femmes de nos jours, que la loi, du reste, a pris soin de protéger contre de pareils accidens; des coups mènent directement à la séparation de corps.

On a donc raison de dire que les goûts sont changeans et que la femme est capricieuse!..... Je doute que le modèle de la jalousie grecque se soit conservé jusqu'à nous. Il n'est point parfait dans la femme de Sganarelle, qui voulait bien se laisser battre, mais qui ne désirait pas être battue, et j'ai peine à croire que l'héroïsme des

partisans de la jalousie puisse jamais s'éle-
ver au-dessus du stoïcisme de la femme de
Sganarelle et atteindre jusqu'à la perfection
grecque.

Quant aux hommes, quelque flatteuse
que soit pour eux la jalousie de la femme,
ils n'aiment pas à en être obsédés, et ils en
redoutent les excès.

Les billets doux écrits sous l'influence
de ce sentiment ont des variétés infinies de
caractères et de mœurs; les uns ne sont que
l'expression d'un amour inquiet, exigeant,
et sont faits pour plaire à la personne
qui les reçoit. Si elle-même est dominée
par un sentiment égal; si elle comprend
aussi les exigences d'une passion exclu-
sive, cette réciprocité rendra leur affec-

tion plus vive, plus ardente. Mais, qu'on y prenne garde, peut-être aussi la rendra-t-elle trop active et agitée; en la développant sans mesure, elle tendra trop les chaînes, les fatiguera, et, au premier choc, elles offriront moins de résistance.

Si l'exigence n'est pas réciproque, si les deux amans ne s'aiment pas également, l'expression continuelle d'un sentiment qui porte avec lui le caractère de la défiance, mécontentera celui auquel elle s'adresse; quelque douces, quelque reservées ou affectueuses que soient les paroles de la plainte, il y découvrira tôt ou tard un je ne sais quoi dont il sera blessé, et malgré lui il laissera paraître son mécontentement. La jalousie alors se contiendra difficilement ; par cela même qu'elle existe, elle grandira, et d'autant plus qu'elle n'obtiendra pas satisfaction. De plaintive qu'elle était peut-être d'abord , elle deviendra active , elle épiera les démarches , elle étudiera les pensées, elle interprétera les sourires et les regards.

Alors les billets doux dégénéreront en billets aigres, ils exprimeront le blâme , ils iront jusqu'à l'injurieuse ironie, ils analyseront toutes les actions de la vie pour y trouver un sujet d'accusation. Dans les regards les plus muets, la jalousie surprendra une secrète intelligence ; si vous louez une étrangère, elle sera tentée de vous arracher les yeux et la pensée, car vous ne devez voir qu'une seule personne au monde, vous

ne devez avoir de pensée que pour elle ;
vous ne pourrez pas même blâmer la personne qui vous aura déplu, car vous ne
devez pas avoir d'opnion sur elle, et vous
ne blâmeriez que pour donner le change.
Enfin si votre visage est coloré, on y lira
la preuve de votre froideur, s'il est pâle,
on en concluera que vous mourez d'amour
pour une autre.

Il est peu d'affections qui puissent résister aux tendresses de semblables billets
doux. Leur moindre inconvénient est de
dévoiler à celui qu'ils accusent, la faiblesse,
l'infériorité, ou au moins la différence de
son amour. Cet inconvénient est plus grave
qu'on ne pense. En effet, signaler la différence qui existe dans la manière dont

s'aiment deux cœurs qui peuvent se croire unis, c'est proclamer leur désaccord, c'est provoquer la mort de leur amour en jetant entr'eux une pensée de séparation.

L'amant persécuté fera peut-être quelques efforts pour feindre ou acquérir l'amour qu'on lui demande, un amour plus grand qu'il ne peut l'éprouver, et il se fatiguera de ses vains efforts et son amour en sera encore diminué. Le persécuteur, de son côté, fera sans doute tout son possible pour dompter sa jalousie, mais bien inutilement ! L'étouffer est impossible ; une fois éveillée au contraire, elle se fortifiera par les combats ; elle commencera bientôt à dévorer en s'agitant. Chaque jour elle s'irritera, qu'elle se contraigne ou qu'elle s'épanche, et comme il est vrai que l'amant qui aime seul est toujours plus jaloux que celui dont l'amour est partagé, elle deviendra plus violente à mesure que décroîtra l'affection qu'elle sollicite.

Alors les soupçons deviendront horribles; alors naîtra la colère farouche, cette passion hideuse qui gonfle les traits, fait bouillonner le sang dans les veines, transforme les yeux en fournaises ardentes. Une fièvre brûlante consumera le malheureux; il écrira des billets sans nom; il emploiera tous les tons, toutes les manières; il prodiguera tour-à-tour la flatterie et l'injure, la prière et la menace, l'insulte et l'ironie; tantôt ses billets siffleront comme le serpent, tantôt ils gronderont comme

la mer sourde, ou rugiront comme le lion
furieux.

Plus de bonheur, plus de repos durable
pour les deux amans; la jalousie sera toujours là pour les troubler. Ce monstre hi-
deux et terrible veillera sans cesse au fond
du cœur; il se dressera au moindre souffle,
il enfoncera ses ongles aigus dans la poi-
trine, la déchirera de toutes parts, et le
cœur torturé, torturera à son tour.

Dans les premiers temps, les misérables
auront quelques instans de répit, un rayon
d'amour les calmera; ils auront de vives
douleurs et de grandes joies, mais comme
le monstre continuera toujours à se tordre
et à déchirer, et que les transitions entre
la douleur et la joie deviendront chaque

jour moins sensibles, comme l'un des cœurs ne pourra s'amender, ni l'autre s'endurcir, l'amour restera vaincu, épuisé, et il continuera à mourir.

On doit comprendre facilement que les billets-jaloux soient encore du nombre de ceux que je proscris, et pour la rédaction desquels il n'y a aucun précepte à donner. Ces billets sont, à mon avis, fort dangereux; ils sont impuissans pour réveiller l'amour qui sommeille, plus impuissans encore pour ranimer l'amour qui s'éteint; ils ne font que fatiguer le cœur qu'ils veulent exciter, et produisent l'ennui ou l'irritation.

La jalousie est un feu trop brûlant qui consume l'amour lui-même; si vous le sentez s'allumer au fond de votre cœur, efforcez-vous de l'étouffer à l'instant; plus tard, vous ne le pourriez plus. Si vous manifestez quelque chose de ce sentiment dans vos billets, que ce soit avec la plus grande précaution; il faut l'orner et même le voiler de toutes les grâces, de tous les charmes de la plus séduisante parure.

L'expression de la jalousie humilie la personne qui l'éprouve, en même temps qu'elle est un reproche pour celui qui en est l'objet; c'est une arme à double tranchant, dangereuse surtout pour celui qui veut s'en servir. Mieux vaut la fierté trop confiante que la défiante jalousie. Ce n'est point dans les émotions qu'elle excite que peut se retremper l'amour; pour cela, il

17.

faut s'adresser à des sentimens plus nobles ou plus égoïstes, il faut flatter la délicatesse, l'honneur, la vanité, il faut surtout mettre en jeu la passion dominante.

CHAPITRE X.

—

Billets-Reproches.

Billets-Reproches.

Le jour où l'un des deux amans, arrêtant l'œil de la réflexion sur les sentimens mutuels qui les unissent, n'éprouve plus une émotion délicieuse qui le plonge dans une ravissante contemplation, ce jour-là, marque la décadence de l'amour : ce jour-là, en effet, il s'est aperçu que l'affection n'était pas égale des deux parts, qu'il y avait eu erreur, et deux cœurs qui ne s'aiment pas également tendent à se désunir, d'après les lois mêmes de l'amour; ou bien encore, il a découvert peut-être, qu'il y a négligence et refroidissement de la part de son amant, et alors, soit qu'il cache sa découverte au fond de l'ame, soit qu'il la manifeste, l'amour doit décliner encore.

Enseveli au fond de l'ame, ce secret mystérieux la ronge sourdement, il mine et détruit une à une toutes les joies de l'amour, il empoisonne ses sensations les plus douces, il s'attaque au cœur même de l'amour, et finit par lui donner la mort.

Si, au contraire, se laissant aller aux funestes inspirations qui sont la suite nécessaire de la découverte de ce fatal secret, il se répand en plaintes et en reproches, l'amour tombe de reproche en reproche, de raccommodement en raccommodement, jusqu'au fond de l'abîme, où il disparaît et s'anéantit sans retour.

Quelques personnes prétendent que les discussions entretiennent l'amour, et que l'amour devient plus vif après une réconciliation; c'est là une erreur bien vulgaire, et je m'étonne qu'elle soit aussi répandue, car l'amour au contraire périt dans les discussions.

Je ne parle pas ici de ces discussions qui n'en sont pas, et où deux amans se livrent amicalement des combats d'esprit et de sentiment, dans lesquels il n'y a point dissentiment véritable, où il n'y a point de vaincu ; ces discussions-là, tout-à-fait sans danger, sont utiles même pour trancher la monotonie des tête-à-tête, et servent réellement à l'entretien de l'amour, en écartant l'ennui.

Mais toutes les fois qu'il existe un dissentiment réel entre deux amans, que ce dissentiment se manifeste de quelque manière que ce soit, il en résulte un froissement, une blessure, bien légère peut-être, mais enfin une blessure qui ne se guérira qu'en laissant une cicatrice. Or, l'homme qui a reçu une blessure ne se porte jamais mieux après sa guérison, ou si cela arrive, ce n'est pas le résultat de la blessure en elle-même, mais seulement l'effet d'un en-

semble de circonstances fortuites et extra-
ordinaires.

Il en est de même pour l'amour blessé,
qui, après la guérison de sa blessure, ne
peut se porter mieux qu'avant. Sa guérison
sans doute sera accompagnée de cette manifestation de joie, de cette allégresse in-
usitée que fait naître le retour d'un malade
à la santé ; mais cela prouvera seulement
qu'il est guéri et nullement qu'il se porte
mieux qu'avant sa maladie.

Cette vérité est tellement évidente, que
je ne puis m'expliquer comment l'opinion
contraire se trouve avoir presqu'universel-
lement prévalu. On n'a tenu aucun compte
de quelques maximes bien différentes éta-
blies pour des cas analogues, comme celle-

ci par exemple : Calomniez, il en reste toujours quelque chose ; maxime malheureusement trop vraie, trop connue et trop mise à profit.

Pourquoi ne dirait-on pas aussi : Ne disputez jamais avec la personne qui vous aime, il en reste toujours quelque chose, et ce quelque chose est fâcheux. Si vous croyez avoir des reproches à lui faire, réfléchissez longtemps avant de les lui adresser ; craignez de vous laisser aller à un soupçon, à une inquiétude mal fondée. Craignez de porter le trouble par une injuste méfiance dans un cœur qui vous appartient, craignez de l'attrister, ou de blesser sa susceptibilité.

Si cependant votre bonheur en dépend,

écrivez alors, écrivez le fatal billet ; mais avec combien de ménagemens ! Oh ! c'est de tous les billets doux le plus difficile à bien faire. C'est ici que le tact parfait, l'art de voiler sa pensée sous la délicatesse des contours, je dirais presque la dissimulation, sont nécessaires.

Vous pouvez sans doute, si vous l'aimez mieux, employer une autre méthode, vous pouvez aborder franchement la question, exposer naïvement votre grief, votre terreur. Cette manière a quelquefois ses avantages, mais je n'oserais conseiller de l'employer toujours. Elle peut offenser certains esprits. Mais, me direz-vous, elle ne peut offenser que comme la vérité dite avec franchise, et l'on aurait droit d'estimer

peu l'affection de la personne qui en serait
offensée. Vous avez raison, j'en conviens
volontiers; mais enfin si vous avez la faiblesse de vouloir conserver cet amour quel
qu'il puisse être, un peu d'adresse et de
dissimulation font bien mieux l'affaire.

Les préceptes sont faciles à indiquer,
très difficiles à formuler. Le billet doux est
de sa nature l'être le plus insaisissable du
monde; Protée, mille fois plus Protée que
le Protée de la fable. Il se produit toujours
avec des formes à peu près les mêmes,
mais des nuances variées à l'infini. Ici particulièrement il faudrait, pour tout dire,
épuiser le catalogue des différentes offenses
que peuvent se faire deux personnes qui
s'aiment, autrement il faut se borner,

comme je le fais, à indiquer quelques principes généraux ou un exemple particulier.

Je dirai donc qu'il faut en général, dans
les billets-reproches, laisser échapper au
milieu d'expressions d'amour plus recherchées que de coutume, une vague tristesse, une inquiétude naissante et mal
définie, faire apercevoir à travers 'le voile
le plus épais qu'on puisse tisser, les motifs
de cette inquiétude qu'on voudrait en vain
repousser, réclamer avec tendresse l'as-
sistance de son amant pour rassurer ses
esprits, rétablir le calme de son ame : telle
est, suivant moi, la meilleure, la seule
manière de réussir dans ce genre de billet.

Quand le reproche ne se manifeste pas
avec cette naïveté d'une ame candide et

18.

pure ou avec ce tact exquis d'un esprit habile et pénétrant ; lorsqu'il devient âpre,
caustique et irritant, le billet qui lui sert
d'organe doit cesser de porter le nom de
billet doux ; des invectives ou d'insultantes
railleries ne ressemblent jamais à des paroles d'amour, et l'amour dans les paroles,
s'il n'existe plus dans le cœur, est au moins
nécessaire pour constituer un billet doux.

Je sais qu'il y a des personnes irritables
et emportées qui savent unir à des paroles
d'amour les expressions du mépris, du
dédain, de la colère, mais ceci a principalement lieu lorsque le cœur est ému par
la jalousie, comme nous l'avons vu dans le
chapitre qui précède. C'est une exception
qu'il ne faut pas étendre à d'autres billets

et qui serait tout-à-fait déplacée dans les billets-reproches.

Il est un autre excès tout opposé dans lequel tombent souvent les amans qui ont un amour-propre exagéré ou une orgueilleuse fierté. Craignant de se compromettre en s'abaissant jusqu'aux reproches formels, ils s'abstiennent de toute plainte, de tout murmure, et pour manifester leur pensée accusatrice, ils se contentent de montrer dans leurs billets une réserve inaccoutumée, ils s'enveloppent de froideur et de dignité. L'inconvénient de cette méthode est de ne pas faire connaître le sujet du mécontentement qu'on éprouve, de laisser par conséquent le coupable dans le doute et l'incertitude, peut-être dans l'impossibilité de réparer ses torts et de l'exposer même à les aggraver involontairement, si sa conscience ne parle pas assez promptement ou s'irrite en attendant la réparation, et le coupable, à son tour, s'irrite d'une froideur dont il ne peut deviner la cause.

Il y a encore une autre manière de faire sentir ses torts à un amant, c'est de lui donner adroitement l'occasion de les réparer. Cette manière est généreuse et ne saurait être trop conseillée, mais elle n'exige point de billet.

Avant de terminer ce chapitre, je crois nécessaire d'ajouter quelques observations particulières sur ces petites colères, ces légères brouilleries ou ces bouderies qui surgissent souvent avec ou sans cause appré-

ciable entre les amans les mieux unis. On
pourrait peut-être donner aux billets qui
les reproduisent les noms de billet-colère,
billet-brouillard, billet-murmure; mais
ils apartiennent réellement à la famille des
billets-reproches.

Il y a des amans heureux qui se mettent
sans cesse l'imagination à la torture pour se
prouver qu'ils ne sont point aimés comme
ils devraient l'être, qui s'ingénient à
trouver des torts aux actions les plus in-
offensives, aux paroles les plus innocentes.
Les femmes surtout se montrent d'une
merveilleuse subtilité pour inventer des
torts à ceux qu'elles aiment. Elles trouvent
des causes de mauvaise humeur dans un
mot incompris dans un silence, dans un

geste, un regard, une distraction, dans
des riens sans nom, et comme la mauvaise
humeur doit avoir nécessairement son
cours, elle s'échappe en paroles ou en
billets-murmures.

Les amans ont quelquefois des exigences
puériles, folles, incroyables, qu'il est ma-
tériellement impossible de satisfaire. Cependant comme ils ne peuvent ou ne veulent comprendre leur folie, ils y trouvent
sans cesse une occasion de se fâcher, ils
se croient méconnus, incompris, et s'é-
panchent en billets pleins d'accusations et
de colères.

Malheur à l'amant dont la montre peut
retarder de cinq minutes dans l'intervalle
qui sépare deux rendez-vous. Quand il

arrivera, il trouvera une femme offensée,
sérieuse, agitée d'un petit mouvement
nerveux, quelquefois même il la verra
assise à son bureau et écrivant d'une main
convulsive un billet dont la douceur est
fort équivoque. Il faudra bien des raison-
nemens, bien des protestations d'amour
et surtout mille carresses pour obtenir un
pardon.

Les amis sont encore en amour une occasion de fréquentes discussions, cependant l'amour a toujours tort de se faire
sacrifier l'amitié ; c'est habituer le cœur
à oublier ses affections.

Mais ce que les femmes poursuivent de
leur colère avec une infatigable persévé-
rance, ce sont les affaires. Malheur aux

amans qui ont des affaires, car les affaires
sont les ennemies personnelles des femmes.
Elles excitent sans cesse leur jalousie parce
qu'elles sont la propriété, le domaine exclusif de l'homme. Une femme déteste les
affaires comme elle déteste une rivale, elle
ne leur pardonne jamais.

Aussi, pourquoi les lois interdisent-elles
les affaires aux femmes ? Les hommes as-
surément devraient s'en plaindre, car si
leurs envieuses compagnes pouvaient connaître par expériences tout ce qu'il y a d'ennui, d'embarras, de dégoût au fond de ces
affaires, elles tomberaient à leurs genoux
pour les prier à deux mains de prendre
pour eux seuls ce terrible fardeau, ce qui
créerait au moins un mérite à faire valoir,

et propre à obtenir un peu de reconnais-
sance.

Dans l'état actuel, au contraire, les affaires ne servent à l'homme que pour l'ac-
cabler de tout leur poids et leur attirer
des reproches continuels de la part des
femmes.

Pour mon compte cependant, je regret-
terais que la loi n'eût pas sacrifié les femmes,
comme on le répète sans cesse sur tous les
tons, et voici mes raisons : c'est à cette loi
que nous devons la formation de cette classe
de femmes qui se font hommes malgré la
loi et en dépit de la nature.

Sans cette loi, la malheureuse humanité,
qui a déjà si peu de plaisirs, eût été privée

d'un spectacle fort divertissant. Connaissez-vous rien de plus admirablement comique que le rôle d'une femme qui a transformé un homme en un personnage appelé marionnette, et qui, cachée dans les coulisses, fait marcher, tousser, rire ou gronder cet esclave soumis par elle à une vie mécanique dont le mouvement est dans sa main.

Ces femmes-là quand elles aiment, ce qu'elles font rarement et très peu, écrivent une foule de billets-reproches. Elles ont toujours une petite leçon à donner, toujours une gaucherie, une maladresse à relever; le tout pour constater leur supériorité et maintenir l'esclave sous le joug.

Mais je m'égare, il faut couper court,

et passer à l'examen des billets qui répondent aux billets-reproches, et que
nous allons analyser sous le nom de billets
d'excuses.

CHAPITRE XI.

—

Billets d'Excuses.

19.

Billets d'Excuses.

LA franche naïveté ou la dissimulation
la plus artificieuse se montrent tour-à-tour
dans ces billets. L'homme dont les sentimens sont nobles et élevés, lorsqu'il a un
tort à se reprocher, l'avoue avec candeur,
et cette franchise d'un aveu plein de
loyauté est pour lui, la seule, la meilleure

justification. Il connaît la fragilité humaine et sait que le cœur même amoureux est parfois le jouet de l'erreur ou de la faiblesse, il le reconnaît sans honte, mais avec regret.

Il faut bien se garder de confondre cette généreuse candeur d'une belle ame avec la franchise éhontée de l'homme au cœur méchant et corrompu, trop vil pour rougir de ses torts, trop lâche pour les réparer, trop insouciant même pour les pallier ou les dissimuler. La franchise d'un pareil être est une insultante ironie, un dédaigneux outrage ; ses paroles non plus que ses écrits ne sont dignes d'attirer un seul instant notre attention.

Mais à côté de ces deux billets d'une franchise si opposée et dont le premier

mérite seul le nom de billet d'excuse, se
présentent d'autres billets, qui sans mériter tous le même nom, appartiennent cependant à la même famille.

Un billet de reproches n'est pas toujours
juste ; il est quelquefois fondé sur un simple
soupçon, quelquefois aussi sur une apparence vraiment accusatrice, mais fausse,
trop souvent hélas ! sur une fâcheuse
réalité. Il importe de constater ces trois
hypothèses pour analyser les billets doux
qui y correspondent, car ils doivent nécessairement se modifier suivant ces trois
circonstances.

La personne, victime d'un injuste soupçon, dénué de toute apparence de fonde-
ment, ne sera pas émue par un billet de

reproche, de la même manière que celle
qui a un tort réel à expier. Elle éprouvera·
aussi des sentimens autres que ceux qui
agiteront la personne qui reconnaîtra qu'en
effet les apparences ont pu la faire croire
coupable, et qu'elle ne peut taxer d'in-
justice à son égard l'amant qui l'accuse.

Dans cette dernière hypothèse, quel
empressement ne mettra-t-elle pas à rassurer le cœur faussement alarmé, comme
la simplicité et le naturel se reconnaîtront
dans la manière aisée avec laquelle elle
éclaircira les doutes, dissipera les nuages,
expliquera les circonstances accusatrices.
Avec quelle tendre sollicitude elle calmera
les inquiétudes naissantes; elle n'aura que
de douces et consolantes paroles; elle verra

dans cette susceptibilité trop prompte à s'alarmer la preuve d'une véritable affection, et elle se condamnera pour avoir tourmenté, même involontairement, un cœur plein d'amour.

La personne injustement soupçonnée ne pourra pas, dans sa réponse, parler le langage de l'amant heureux de dissiper un doute innocent, de calmer une inquiétude de son amant. Un injuste soupçon produit toujours une impression pénible au cœur, surtout lorsqu'il vient d'une personne aimée qui ne devrait pas douter légèrement d'un amour dont elle doit avoir reçu tant de preuves.

Aussi le billet qu'on lui répondra ne sera plus un billet d'excuses. Son langage aura

de la sécheresse, quelque chose de douloureux, de pénible, peut-être un peu de
raideur. Il contiendra quelques paroles de
plainte et de récrimination; il fera sentir
l'offense qu'on a reçue et peut-être la nécessité d'une réparation.

On rencontre cependant des êtres au
cœur excellent et pur, qui souffrent sans
se plaindre toutes les bizarreries de la personne qu'ils aiment, et ne répondent même
au reproche que par des protestations d'a-
mour et de dévouement. Malheureux, qui
ne s'aperçoivent pas que c'est presque
avouer le tort dont on les accuse et en demander le pardon, qui ne voient pas davantage qu'on deviendra plus exigeant et
plus tracassier à mesure qu'ils se mon-

treront plus disposés à une indulgente con-
descendance et à une silencieuse résignation. Les récriminations sont dangereuses
sans doute et il faut les éviter. Cependant
il est encore plus dangereux de se laisser
traiter en coupable lorsqu'on n'a commis
aucun crime.

Mais celui qui a commis une faute et
pour qui les paroles de reproche ne sont
que l'écho des reproches de la conscience
n'a pas à hésiter. Il doit montrer du courage et de la dignité en avouant son tort.
Il faut que toutes ses paroles attestent un
noble regret, une douleur simple et vraie;
il faut, en un mot, qu'il se montre digne
de pardon pour le passé, digne de confiance et d'amour pour l'avenir.

CHAPITRE XII.

—

Billets-Désespoir.

Billets-Désespoir.

L'AMOUR mène souvent au désespoir,
c'est en vain qu'on voudrait en douter,
cette vérité est un fait d'expérience malheureusement trop constant ; je suis tenté de
dire aussi qu'elle est facile à comprendre.
L'amour élève l'homme jusqu'au bonheur

le plus parfait qu'il puisse atteindre, il le fait toucher au ciel, et, c'est pourquoi, lorsqu'il vient à se briser, l'homme aussi tombe, se brise dans sa chute et descend jusqu'aux enfers.

Ajouterais-je après cela que l'amour est périssable et changeant, autant et plus que toute autre chose humaine : hélas! qui ne le sait? ces mots suffisent pour expliquer comment le désespoir suit l'amour.

Mais s'il est vrai que l'amour soit le sentiment le plus délicieux qui puisse pénétrer le cœur humain, s'il est vrai, qu'enflammé par lui, on ait goûté la félicité suprême, senti le dernier délire d'une ame brûlante et ivre de volupté, s'il est vrai que dans cette ivresse, où il n'y a ni passé ni avenir,

on ait épuisé à-la-fois les délices de mille
siècles... de quel effroi terrible, de quel
désespoir affreux ne doit-on pas être saisi
lorsque l'on se sent arracher ce bonheur;
de quels déchiremens cruels, de quelles
convulsions horribles ne doit pas être accompagnée l'agonie de cette vie qu'on
croyait éternelle.

Pourquoi faut-il que nous perdions une
chose avant de l'aimer jusqu'à en mourir?
oui, mieux vaut mourir que de perdre son
amour! Le bonheur perdu creuse dans le
cœur un abime de souffrances où il reste
englouti. Si ce n'est le raisonnement, c'est
l'instinct qui fait comprendre et sentir qu'il
y a des transports qu'on n'éprouve pas
deux fois dans la vie, que les véritables

jouissances de l'amour sont pour l'ame une fièvre magique qui laisse après elle le vide, le dégoût, l'épuisement. Voilà ce qu'on sent, voilà pourquoi on veut à tout prix retenir son amour.

L'image de cet amour éteint apparaît comme le néant de l'être, et le néant est pire que la mort.

L'ame pressent le mal avant d'y croire, et pendant longtemps elle lutte avec acharnement contre cette menace qui l'épouvante. Elle s'enveloppe de son mieux dans les souvenirs du passé, elle se drappe dans les lambeaux du voile qui se déchire, elle, fait tous les efforts pour retenir l'espérance qui va lui échapper.

Mais le moment fatal arrive, et le cœur

pousse enfin le cri du désespoir, mon bonheur est perdu ! A ce cri, toutes les puissances de l'être se révoltent, mais c'est en
vain que l'ame réclame leur secours pour
conjurer son malheur. Le corps est ébranlé
et frissonne comme la feuille qu'agite
l'aquilon; les yeux n'ont ni larmes ni regards, la bouche reste sans voix, un froid
glacial resserre le cœur et l'engourdit.

C'est dans ces grands orages de l'amour
qu'apparaissent les billets-désespoir. Ils
ressemblent peu aux autres billets doux,
dont ils ne sont frères que parce qu'ils
sont comme eux la manifestation de
l'amour. Ils n'ont ni les grâces de l'expression, ni l'émotion vive et touchante
qui fait leur parure ordinaire. Dans les

grandes douleurs, l'esprit se retire, le génie reste muet, l'art est impuissant.

Cependant, tant que les billets-désespoir n'expriment encore que les inquiétudes et les premières alarmes, ils se contentent d'un air sombre, égaré, ils s'animent aux reproches, ils s'abaissent aux supplications, ils respirent une agitation brûlante qui rend leur mouvemens inégaux et saccadés. Il y a encore une sorte d'art dans le désordre avec lequel se succèdent les larmes et les sourires, les protestations et les menaces, les transports et la froideur, l'ironie, l'espérance et le désespoir, tout ce qui exprime une passion épouvantée.

Mais c'est au moment décisif où il faut tout tenter parce qu'il n'y a plus d'espoir

que dans le désespoir même, à ce moment
où l'on voudrait, haletant, éploré, se
précipiter vers l'infidèle, se jeter à ses
pieds, les enlacer de ses bras défaillans, les
arroser de ses larmes ; c'est à ce moment
que la main crispée rend vivans et brûlans
les derniers et profonds soupirs de l'amour
à l'agonie.

Les billets sont palpitans, échevelés, ils
n'ont pour attendrir que des cris déchi-
rans, des sanglots, ils se précipitent avec
l'emportement du coursier fougueux, ils
ébranlent d'un choc violent toutes les facultés de l'ame, ils fouillent d'une main
éperdue jusqu'au fond du cœur, ils s'efforcent de rallumer sous le souffle d'une
impétueuse haleine les restes encore fu-

mans du feu qui s'éteint , car il faut en disperser les cendres , ou en faire un nouvel incendie.

Je m'arrête... trop tard peut-être... car il était téméraire d'aborder un pareil sujet; il n'y a ni règles ni préceptes à donner au désespoir. Le désespoir ne se connaît pas, le misérable même qui arrive à ce dernier degré des douleurs ne saurait le révéler.

CHAPITRE XIII.

—

Billets-Dénouement.

Billets - Dénouement.

IL est sans doute peu d'amours dont le dénouement soit précédé des crises terribles qui enfantent la famille des billets que nous avons fait connaître sous le nom de billets-désespoir. Mais il n'en est point dont la fin ne soit signalée par une vive douleur ou au moins par un sentiment de trouble et de pénible tristesse.

Il est une loi constante, universelle, qui condamne tous les êtres vivans à s'attacher à la vie par des liens sympathiques et profonds, à l'aimer, fût-elle malheureuse, à repousser la mort avec crainte et horreur. Il faut, pour surmonter cette crainte instinctive, un courage qui n'exclut pas l'effort douloureux. L'amour obéit à cette loi, et tout léger, tout fugitif qu'il puisse être, comme il n'a jamais été sans plaisir, il la subit encore plus rigoureusement.

Il ne doit donc pas même y avoir d'exception pour ces liaisons de galanterie, qui, suivant l'expression d'un grand maître dans l'art d'exprimer l'amour, durent un

peu plus qu'une visite, et ne doivent laisser
que le souvenir de jolis entretiens et un
recueil de jolies lettres, plein de portraits,
de maximes de philosophie et de bel esprit.

C'est en vain qu'on prétend briser gaî-
ment des chaînes qu'on n'avait pas formées
pour être durables; c'est en vain qu'on
s'invite à voler à de nouvelles amours, à
cueillir de nouvelles fleurs, à s'enivrer de
nouveaux parfums; c'est en vain qu'on se
dit adieu en souriant; l'ame est blessée,
elle éprouve un resserrement involontaire,
elle s'attriste et se penche sous le poids
d'une pensée amère, semblable à l'arbuste
qui s'est épanoui aux rayons du soleil et
baisse tristement la tête lorsque viennent
les ténèbres.

21.

S'il est une époque dans la vie amoureuse, où l'on provoque avec audace et joyeuseté des dénouemens qu'on affronte sans sourciller, c'est seulement dans ces années qui s'écoulent entre le premier et le dernier âge de cette vie d'amour. Alors, on se fait un plaisir, un point d'honneur d'être téméraire, on se plait dans les combats et les dangers, et l'on ne croit pas devoir jamais épuiser les sources d'illusions et de jouissances qu'on sent bouillonner en soi.

Mais au premier et au dernier âge, les tourmens du dénouement sont toujours plus cruels; car la première fois qu'on aime, on suppose que l'amour éteint ne saurait plus se rallumer, on ne voit plus après lui que le néant.

Au dernier âge, c'est bien pire encore.
Rousseau a dit quelque part : « A mesure
qu'on avance dans la vie, tous les sentimens se concentrent ; on perd tous les jours
quelque chose de ce qui vous fut cher, et
l'on ne le remplace plus. On meurt ainsi
par degrés, jusqu'à ce que n'aimant enfin
que soi-même, on ait cessé de sentir et de
vivre avant de cesser d'exister. Mais un cœur
sensible se défend de toute sa force contre
cette mort anticipée. Quand le froid commence aux extrémités, il rassemble autour
de lui toute sa chaleur naturelle ; plus il
perd, plus il s'attache à ce qui lui reste,
et il tient pour ainsi dire au dernier objet
par les liens de tous les autres.

Quel avenir effrayant se présente aux

regards de l'ame qui voit s'échapper sa
dernière passion, sa dernière espérance.
Avec quelle énergie, avec quel courage
délirant ne doit-elle pas disputer au froid
de la mort le dernier débri de tant de bon-
heurs perdus. L'illusion pour l'avenir n'est
plus possible, les ravages du temps apparaissent dans toute leur nudité. On n'a pas
vu se détacher une à une toutes les fleurs
qui sont la parure de la jeunesse, on ne
s'est pas senti dépouiller insensiblement de
de tous les attributs de cette jeunesse, de
tous les charmes sans lesquels il n'est plus
d'amour, et l'on se réveille au moment où
tout est dissipé, perdu, où il ne reste plus
qu'un dernier lien qu'on sent usé et prêt
à se rompre. Oh ! c'est alors que le dénoue-

ment est terrible et déchirant parce qu'il ne se fait pas sans une lutte acharnée et sanglante.

Quand on commence à aimer, on croit, on dit que c'est pour toujours, et cependant l'amour est comme toute chose, peut-être même plus que tout autre, périssable et peut-être même peu durable de sa nature. Bienheureux celui qui vit sa vie toute entière, et qui établit entre deux ames ce lien indissoluble de sympathique harmonie qui doit lui survivre ; pour celui-là, il n'y a de dénouement que dans la mort de l'être entier.

Mais il en est peu qui arrivent à ce terme ; presque tous restent en chemin, brisés, emportés, anéantis qu'ils sont par mille orages, par mille accidens divers.

L'amour ne prévoit jamais sa fin, il ne peut donc se préparer à mourir ; c'est pour cela qu'il finit de tant de manières bizarres, capricieuses, drolatiques ou terrifiantes : c'est pour cela aussi qu'il serait impossible de faire connaître avec quelque précision les règles qu'il doit observer pour bien mourir.

L'amour doit-il se briser ou se dénouer ? voilà pourtant une question qui mérite d'attirer notre attention, et dont la solution doit jeter une grande lumière sur notre sujèt.

Il est certain d'abord que l'amour se brise plus facilement qu'il ne se dénoue. Le nœud d'amour est un véritable nœud gordien qui demande le tranchant d'une épée. La nature même de l'amour semble nous demander une fin brusque et violente, et nous devons en conclure que cette fin est la meilleure, ou pour parler plus juste la moins funeste et la moins cruelle. Essayons de démontrer la vérité de cette assertion.

Il est plus facile de guérir la blessure faite par une arme tranchante, que de guérir une plaie insensiblement développée, longtemps entretenue et envenimée. Ce qui est vrai au physique doit l'être aussi au moral ; d'ailleurs une secousse rapide, quelque terrible qu'elle soit, doit moins user les forces de l'ame que de lentes et longues agitations. Semblable au corps qui lutte avec succès contre une maladie violente, et se relève après le combat sans avoir beaucoup perdu de sa vigueur, mais qui reste toujours épuisé, languissant, lorsqu'il a dû résister à ces maladies qui minent sourdement ; l'ame perd aussi toute sa vivacité, son élasticité et sa vigueur dans les souffrances continues d'une douce mais longue agonie de l'amour.

Il est peu d'amans qui comprennent cette vérité, bien peu surtout qui sachent ou veuillent la mettre en pratique. Il est si cruel de donner brusquement la mort à ce qui est plein de vie ! Mais n'est-il pas encore plus barbare de le faire mourir à petit feu. Vous croyez pouvoir éviter la responsabilité du mal parce ce que vous n'en commettez chaque jour qu'une toute petite partie. Mais c'est infâme ! Savez-vous à qui

vous ressemblez en cela ? au voleur qui,
n'osant dérober une forte somme d'argent,
en viendrait prendre chaque jour une por-
tion, ou mieux encore au bourreau qui,
pour faire mourir sa victime, ne lui en-
lèverait chaque jour que quelques gouttes
de sang. Voilà où mène le faux raisonnement.

Cependant, combien de personnes épui-
sées d'amour, accablées d'ennui, désirant
ardemment respirer l'air de la liberté depuis longtemps inconnu, n'ont point le
courage de briser le lien qui fait leur tour-
ment. Ils sont arrêtés par je ne sais quelle
bizarre compassion; ils tremblent de frapper
un grand coup au cœur qui les aime, et
cependant chaque jour ils le torturent.

Guidés par cette étrange pitié, ils entrent dans les détours tortueux d'une infernale diplomatie; ils emploient les expédiens les plus bizarrement conçus pour faire mourir l'amour sans le tuer.

Ils ont recours à toutes les ruses, à tous les moyens détournés pour se faire accorder ce qu'ils n'osent pas même demander. Mais c'est presque toujours en vain; ils rencontrent une résistance désespérante, une obstination à toute épreuve, un aveuglement volontaire qui confond les ténèbres et la lumière. Celui qui aime garde son amour avec une merveilleuse ténacité; c'est un trésor qu'il veut augmenter sans cesse, jamais altérer ou diminuer; et lors même qu'on le lui ravit, il met souvent à sa place ses rêves et ses illusions, et croit le posséder encore.

Les armes ne sont pas égales dans ce combat ; l'imprudent qui l'a engagé sera pris dans ses maladroites et honteuses machinations ; il ne cédera pas néanmoins, et pour accomplir ses coupables projets, il ne consultera plus que son impatience irritée. Il se croira peut-être le droit de venger sa défaite, il voudra du moins, en finir à tout prix, il s'emportera jusqu'à la violence, et sera d'autant plus dur et insensible pour la victime immolée, qu'il croira avoir été plus longtemps doux et compatissant.

Croyez-moi, cependant, les dénouemens ne sont difficiles que pour ceux qui le veulent Il est impossible qu'ils ne soient pas douloureux, j'ai commencé par le dire, mais on peut faire qu'ils soient naturels, on peut faire qu'ils ne soient point barbares.

Il faut s'assurer avant tout qu'on ne va pas commettre un crime impardonnable, car je ne donne de préceptes que pour les dénouemens permis par l'honneur. Je ne suppose jamais qu'on consente à s'avilir. Avant de rien entreprendre, soyez sûr aussi que vous ne tuerez pas et qu'on aura assez de force pour supporter le coup que vous allez frapper ; vous prendrez ensuite une ferme résolution ; le cœur ne doit pas faiblir, autrement il ne faut pas commencer. Après cet examen, allez franchement au but, tous les détours sont dangereux.

Ecrivez, non avec impudence, mais avec une simplicité vraie, dites tout avec loyauté. Avouez vos torts, rendez justice aux mérites, ménagez les susceptibilités d'amour-propre, flattez-les s'il est nécessaire et n'accusez jamais; toute accusation amènerait une discussion, et c'est ce qu'il faut éviter. Si tout n'est pas décidé à l'instant, si la lutte s'engage, vous n'êtes plus assuré du triomphe.

Il est de prétendus amans, ce sont peut-être ceux qui me blâmeront, qui depuis longtemps ont cessé de s'aimer, qui désirent mutuellement se le dire, et qui sont des années entières avant d'oser parler ; ils souffrent tous les tourmens, tous les ennuis ; mais ils ne sont pas braves, ils at-

22.

tendent tout simplement l'occasion de se fuir, et lorsqu'arrive enfin le moment qui les sépare involontairement, ils sont tout étonnés et honteux d'apprendre qu'ils étaient désunis depuis longtemps.

Il est d'autres amans, fort distingués du reste, entre lesquels un dénouement est un combat d'injures, de grossièretés, de calomnies, de récriminations. Il en est d'autres enfin qui se donnent des torts ou en imputent d'imaginaires pour susciter une querelle, se ménager une colère et pouvoir tout briser dans un accès de rage simulée. C'est par trop déplorable en vérité !

On peut ne plus avoir de passion au cœur et trouver honteux de la feindre; personne n'a le droit de le trouver mau-

vais. Mais ce qu'on doit toujours avoir,
c'est la noblesse, la dignité, la délicatesse
de l'ame. Avec ces qualités, on ne se laisse
pas aller aux misérables erreurs d'une
fausse sensiblerie; on ne précipite rien,
mais on fait naître, on saisit l'occasion fa-
vorable et l'on sort honorablement des
plus fatales crises et·des terribles ennuis
de l'amour éteint.

Il serait superflu et peut-être dangereux
de développer des préceptes sur l'art de
faire des billets-dénouement; ce sont les
circonstances spéciales de chaque position
qui doivent les créer; c'est le tact seul et
l'intelligence qui doivent diriger en cela.
Pour les bien faire, il suffit de les animer

de tous les sentimens que je viens de rappeler.

Je n'ai parlé que des amours sérieux et tous ne le sont pas, on le sait ; tous n'ont pas eu une vie, ne peuvent avoir un dénouement qu'il soit permis d'avouer. Ceux qui ont de semblables amours trouveront sans doute que je ne les ai pas compris ; il est vrai que je n'ai pas eu cette prétention.

Je le dirai franchement ici, je n'ai pas écrit pour pour ceux qui s'exposent à recevoir ou écrire pour billets-béatitudes quelque chose de semblable à ce billet modèle que la Grèce nous a laissé ; je cite sans commentaire. Philumène répondait à Criton qui lui avait sans doute adressé un

billet fort tendre : « Pourquoi m'écrire un
volume qui fait mon supplice et le vôtre ?
Je vous demande cinquante pièces d'or,
et non une épitre. M'aimez-vous ? donnez;
êtes-vous avare ? restez chez vous. Adieu.

Les amours de ce genre ont pour dénouemens des billets pour la rédaction
desquels tous mes préceptes seraient, j'en
conviens, fort inutiles. On peut s'en con-
vaincre en lisant ces deux autres billets,
modèles du genre, que nous devons encore
à quelques illustres amans de la Grèce.

Anicet écrivait à Phébiane qui l'avait
ruiné :

« Vous fuyez, Phébiane, vous fuyez
Anicet, après l'avoir ruiné. Ne possédez-
vous pas tout ce que je possédais ? Tout

ce que l'on trouve dans mon asile cham-
pêtre, ces figues, ces fromages délicieux,
ces couples de poules rares, tout ce que
l'on peut désirer, je vous le portais. Il ne
me reste plus rien, et vous méprisez l'excès
de mon amour ! Adieu, adieu !!! Ce malheur
qui m'accable, cette honte, je saurai la
dévorer en silence. »

Le billet est joli, et avec quelques modi-
fications, il pourrait encore servir aujour-
d'hui à plus d'un amant.

La réponse est mieux encore. Phébiane
a l'ame fortement trempée ; elle veut
rompre sans arrière pensée, elle craint
peut-être de laisser quelqu'espoir de retour,
car elle s'exprime ainsi : « Je me rendais à
la hâte chez une de mes voisines en travail

d'enfant, je vous rencontre , vous me sautez au cou et vous efforcez de me dérober un baiser. Vieillard misérable ! insensé ! attaquer de jeunes filles dans la fleur de l'âge, en oubliant le vôtre. N'êtes-vous pas incapable même de cultiver vos champs ? N'avez-vous pas déjà songé à préparer votre obole pour Caron ? Ne vous a-t-on pas chassé des fourneaux comme un esclave invalide ? Il me regarde amoureusement, je crois ! il pousse des soupirs ! Mais regardez - vous donc, malheureux Cérops ! »

Quelle verve ! quelle mordante ironie ! Félicitons-nous de ne pas vivre dans la Grèce. Aujourd'hui, en pareille occasion, je suppose qu'on s'y prendrait plus poli-

ment ; je dis je suppose , car je le répète
encore , je n'ai pas prétendu écrire pour
de semblables amours.

APPENDICE.

Appendice.

FIDÈLE au plan que nous nous étions tracé, nous avons fait connaître les grandes familles de billets doux qui se succèdent naturellement dans la vie de l'amour. Nous les avons étudiées avec soin, mais sans jamais arrêter nos regards sur les individus exceptionnels, et en quelque sorte excentriques de ces différentes familles. Nous ne nous sommes pas occupés davantage de quelques groupes intermédiaires , dont nous avons fait pressentir l'existence, mais qui ne doivent leur apparition qu'à des circonstances spéciales et fortuites qui ne se rencontrent pas habituellement dans les révolutions régulières du ciel de l'amour.

Cette omission pourrait devenir le sujet d'un reproche que nous voulons éviter , et nous croyons être agréable à nos lecteurs en ajoutant ici, non pas la description parfaite et détaillée, mais une esquisse légère et à grands traits de quelques-uns de ces billets.

Les plus curieux entre tous peuvent

s'appeler billets-tyrans ou dévorans. Ils
sont fils de ces esprits superbes qui sont
presque honteux de ressembler aux autres
hommes, qui se croiraient au moins dés-
honorés, s'ils agissaient comme eux. Ils
ne cherchent point à se faire aimer ; la
femme à qui ils s'adressent ne peut pas ne
point les aimer. Aussi se mettent-ils peu
en peine de mériter son amour ; ils regar-
deraient comme un enfantillage de chercher à obtenir l'avœu des sentimens qu'ils
inspirent. Dans leurs billets, ils ne disent
pas comme tout le monde, je vous aime,
aimez-moi ! Mais au contraire, vous m'aimez, vous êtes à moi , vous êtes mon
bien , je vous réclame et vous ne pouvez
m'échapper. La femme pour eux est une

22.

proie destinée à assouvir je ne sais quel
appétit vorace; ils la poursuivent comme
le serpent poursuit le pauvre oiseau qu'il
convoite, qu'il fascine et rend immo-
bile sous l'aspiration de son regard. Ils
prétendent sans doute agir du droit de
leur amour; tout ce qu'ils aiment leur appartient : c'est toujours comme le serpent
qui agit aussi du droit de sa faim.

Un autre billet très excentrique et très
curieux est celui qui s'efforce de persuader
à une femme, non pas qu'on l'aime et
qu'on en est aimé, mais qu'elle doit agir
comme si cet amour existait depuis longtemps. Ceci est le fait d'un sentiment tout
nouvellement inventé, et quelques ro-
manciers fort spirituels ont entrepris de le

mettre à la mode; la femme deviendrait alors généralement aussi agréable, au moins, que la célèbre femme libre. L'histoire de l'amour commencerait par la fin, c'est-à-dire que d'abord on ne s'aimerait pas, sauf à s'aimer ensuite autant que possible et arriver enfin à ces extases pleines de douceurs, à ces fraîches émotions, à ces suaves rêveries qui accompagnaient autrefois l'amour naissant, et qui maintenant naîtraient dans sa vieillesse et peut-être même sur son tombeau.

Il y a aussi en amour des fous et des prodigues qui, bien entendu, enfantent des billets qui leur ressemblent. Ils n'usent pas du sentiment, mais ils en abusent, ils le dévorent au lieu d'en jouir, ils pressurent

et torturent le cœur qui s'est donné à eux
pour lui faire donner à l'instant tous les
trésors qu'il peut contenir. Chacun de leurs
billets est un poignard aigu qui frappe vio-
lemment le cœur, et le fouille de sa pointe
pour en faire jaillir jusqu'à la dernière
goutte de sang. Ils l'énervent et l'épuisent
avec une effrayante rapidité ; ils traitent
l'amour comme certains sauvages traitent
les arbres ; au lieu de le cultiver avec soin
pour lui faire produire chaque jour des
fruits plus abondans et plus beaux, ils le
déracinent pour dévorer ce qu'ils peuvent
à l'instant, sans jamais songer à l'avenir.

N'oublions pas les billets-imbéciles qui
sont en grand nombre et forment plusieurs
variétés dignes d'être remarquées. Les uns

sont le fruit d'une sorte d'avarice morale qui ne veut pas toucher à son trésor avant de l'avoir démesurément agrandi, ou qui veut même le conserver dans toute son intégrité; quelle ineptie!

L'amour n'est pas un trésor ordinaire, on peut y puiser sans le diminuer. L'amour ne peut même se conserver que lorsqu'on l'utilise, lorsqu'on lui demande les félicités qu'il peut donner. Autant il est dangereux d'exiger trop de l'amour, autant il est imprudent de ne lui rien faire produire, et surtout de ne pas cueillir ses fruits. Se priver des jouissances de l'amour pour les rendre ensuite plus vives, c'est le plus mauvais des calculs. L'amour est semblable à une plante qui doit porter en

son temps des fleurs et des fruits ; il faut
savoir cueillir à propos les uns et les
autres ; si vous les laissez se flétrir, ils
fatiguent la plante, tombent bientôt, et
lorsque vous viendrez les chercher, vous
les trouverez desséchés au pied de la
plante, qui elle-même sera languissante.
Je ne veux pas supposer qu'un autre soit
venu vous remplacer. L'avare cependant
se voit souvent dérober son trésor. L'im-
bécile se laisse aussi ravir l'amour dont il
ne sait pas profiter. Ces billets qui auront
toujours une incomparable réserve, forment la première variété.

La seconde est encore plus prodigieuse.
Quand deux amoureux sont en concurrence
il arrive souvent que celui qui se croit ou

se sait préféré, se transforme tout-à-coup
en misantrhope impertinent, boudeur et
grondeur ; il se garde bien de faire pâlir
celui qu'il considère comme un rival, et de
l'éclipser par la supériorité de son esprit,
les délicatesses incomparables de son ame.
Au lieu de déployer toutes les ressources
de l'amabilité et d'une tactique habile, il
devient sombre et silencieux, il pâlit lui-
même, il roule au fond de leurs orbites des
yeux sombres et menaçans, il retire et
cache au fond du cœur et du cerveau son
amour et son esprit, et lorsqu'il sort de
son silence, il se laisse aller à une mauvaise
humeur qui s'épanche en plaintes, en cen-
sures amères. Oh ! l'admirable manœuvre !
Malheureux ! rappelez-vous donc que les

femmes n'adorent que ce qui leur plaît. Faites-vous un Dieu, une idole agréable, si vous voulez que, victimes volontaires, elles viennent avec amour se livrer à vous.

Il ne faut pas confondre avec ce billet, le billet-découragement, ou mieux philosophe. Celui-ci est l'œuvre du stoïcisme et non de la bêtise. Un homme fougueux, plein de courage et d'audace, ne veut jamais succomber sans combattre, il attaque ou se défend sans calculer les chances de succès. Le philosophe, au contraire, ne veut pas sortir inutilement de son repos. Lorsqu'il est persuadé de son impuissance il s'avoue vaincu, il croit que des efforts infructueux ne servent qu'à précipiter un funeste dénouement. Il sait que l'amour, lorsqu'il se tourne vers son occident et commence à descendre, ne peut plus s'arrêter ni remonter. Il craindrait de hâter sa chute en voulant lui susciter des obstacles, et au lieu de le tourmenter, il veut encore jouir de ses derniers feux, se réchauffer à ses derniers rayons. Le billet-philosophe doit donc avoir quelque chose de mélancolique et tendre, quelque chose de vaporeux et doux. Il exprime la résignation d'une ame qui va mourir, mais qui veut jouir de la vie jusqu'à son dernier jour.

En parlant des billets-dénouement, j'aurais pu signaler une espèce monstrueuse que j'aime à croire peu commune et que certaines personnes voudraient vainement accréditer. Ce billet est *poignard* par ex-

23

cellence, il tranche l'amour sans hésiter.
Mais ce n'est pas l'œuvre de l'amant qui
n'aime plus... ce n'est pas même l'œuvre
de celui qui sent approcher le dénouement
et qui veut avoir l'honneur assez douteux
de porter le premier coup. Non, c'est
mieux que cela ; c'est l'œuvre de l'amant
qui aime, qui est aimé, et qui jouit de son
amour, mais qui résonne ainsi : — l'amour
ne peut conserver toujours cette nouveauté
qui fait son charme, ce romanesque, ce
mystérieux, cette poésie qui en sont l'aliment. L'amour s'use dans le prosaïsme de
l'intimité, et après avoir vécu six mois, un
an ou même six ans, il finit nécessairement
par mourir. Or, pour éviter cet inconvénient, pourquoi ne pas le trancher au mo-

ment où il est plein de vie? L'amour restera
au fond de l'ame comme un souvenir pur,
un idéal inachevé vers lequel retournera
sans cesse le désir. — Idée merveilleuse, en
effet, et que je laisse à chacun le soin d'apprécier. Se quitter aujourd'hui parce qu'on
est heureux, parce que demain on le serait
encore, et qu'après un an, deux ans, le
bonheur pourrait se transformer en monotonie, puis en dégoût. C'est le sublime de
la prévoyance! — ce que je dis là cependant est précisément ce que dit le billet
en question.

Dirais-je maintenant quelques mots des
billets-intermédiaires? Ils ont tous les caractères, toutes les nuances adoucis des
familles auxquelles ils touchent. Quelques-

uns, les billets-d'alarmes, par exemple, n'apparaissent point à époques fixes, mais peuvent se produire pendant toute la durée de l'amour.

L'amour, en effet, ne marche pas toujours dans des sentiers fleuris sans y rencontrer des épines. Il est arrêté quelquefois par des accidens imprévus, par de malencontreux obstacles qui lui font pousser des cris d'alarmes ou de détresse. L'ame se contracte, elle fait un effort douloureux pour écarter les épines qui l'ont piquée, pour parer aux accidens, pour surmonter les obstacles, et après le succès, elle reste encore quelquefois timide et défiante. Ces circonstances viennent modifier les billets doux ordinaires et leur donner un coloris

particulier qui les différencie assez pour en
faire une classe à part.

Le billet-inquiétude est un peu de la
même nature, mais il a un caractère plus
marqué, il est plus spécialement destiné à
signaler l'approche des véritables dangers ;
il précède ordinairement le billet-désespoir
et le billet-dénouement.

L'amour, en effet, ne peut pas arriver
sans transition à ses terribles et dernières
catastrophes. L'amant qui veille avec sollicitude sur son bonheur, pressent longtemps à l'avance les jours mauvais, et il se
prépare à la résistance, il appelle à son
secours toutes les ressources de l'art pour
rajeunir le sentiment, lui donner une
nouvelle vigueur, lui rendre ses premiers

attraits ; il remonte dans la vie passée pour
faire revivre tous les sermens , rappeler
tous les souvenirs, il veut rassembler et
relier en faisceau, ces mille fils divers par
lesquels s'unissent les amans ; il voudrait
même forger de nouvelles chaînes, il désire
se rendre nécessaire ! Voilà l'œuvre du
billet-inquiétude. Il déguise habilement le
sentiment qui lui donne naissance , il
cherche surtout à imiter le billet-béatitude ; il est souvent plus tendre , plus
amoureux, plus expansif que celui-ci, mais
sa joie est toujours un peu forcée, son sourire n'a pas la même franchise, sa gaîté
n'est pas communicative , et malgré lui
il révèle l'anxiété cruelle et l'effroi.

Voilà ce qu'il me restait à dire pour ter-

miner ce travail physiologique. Ce premier
mot de la science ne peut être le dernier ;
il y a encore beaucoup de découvertes à
faire sur le billet doux, et malgré mon attention à analyser toutes les données que
j'ai pu recueillir, bien des choses ont dû
m'échapper. Mais si mes lecteurs, et surtout mes aimables lectrices, voulaient me
faire part des particularités remarquables
que l'observation et l'expérience doivent
chaque jour leur fournir, je pourrais bientôt ajouter à cette première étude tout ce
qui lui manque pour être complète.

FIN.

TABLE DES CHAPITRES.

VERSAILLES. — IMPRIMERIE DE MICHEL FOSSONI,
avenue de Saint-Cloud, 5.

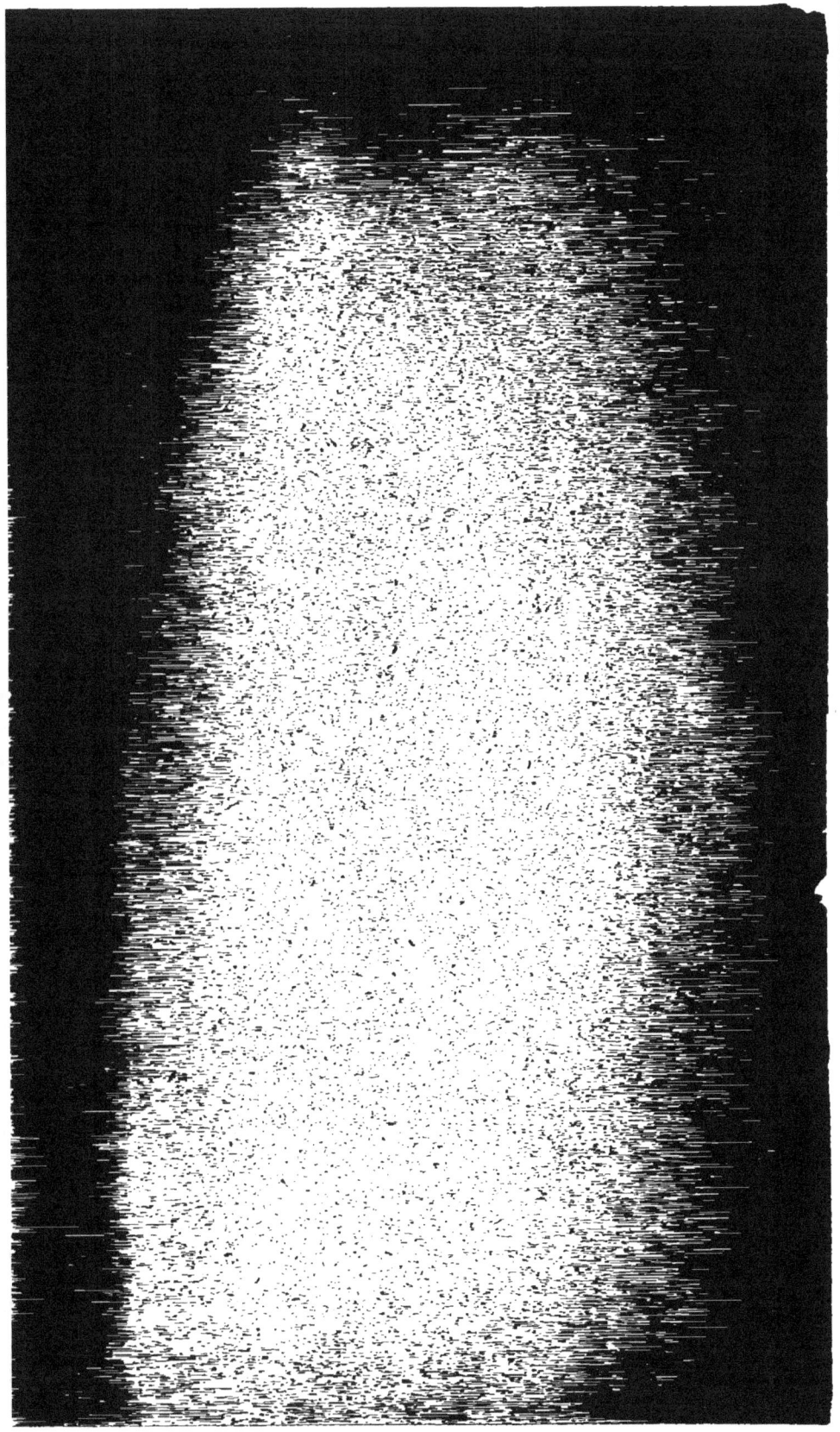